文豪野犬2
太宰治和黑暗的时代
[日] 朝雾卡夫卡 / 著
[日] 春河35/ 绘 陈玮 / 译
台海出版社

太宰治
Mafia 历代最年轻的骨干。
自杀爱好者。

坂口安吾
Mafia 的专属情报员。
织田作之助
（织田作）
Mafia 的最下级成员。
类似于什么都做的杂役。

目录

文豪野犬 2

太宰治与黑暗时代

［日］朝雾卡夫卡／著
［日］春河35／绘
陈玮／译

台海出版社

我现在正在进京途中，坐在银座的旅店中写着这份手稿，而就在几个小时之前，我还在银座的一家名叫鲁邦的酒馆里，与太宰治和坂口安吾二人一起饮酒——正确地说，太宰治喝的是啤酒，坂口安吾喝的是威士忌，我却因为今晚要关在旅店里通宵写稿，所以喝的是咖啡。

话题偶然聊到某位赶时髦的小说家身上，说到他把小说当作搭讪女人的工具时，坂口安吾对此发表评论，说对方是个白痴。闻言，太宰治也跟着用津轻方言说，我们的小说就算想用来搭讪女人也搭讪不了啊，像我们写的这种小说，女人都会觉得很恶心，拿来搭讪也肯定会失败的。

——织田作之助《可能性的文学》

序幕

隐约觉得有人在呼唤我，于是我去了酒馆。

深夜十一点，煤油灯像鬼火般浮在半空中，我带着试图不让任何人发现的心情从底下穿过，钻进酒馆的门内。店里弥漫的烟雾侵蚀着胸肺，我迈步走下楼梯，看到太宰已经坐在吧台前了，正用手指把玩着酒杯。这家伙大部分时间都待在这家店里，也不喝自己点的酒，就只是沉默地注视着。

“嗨，织田作。”

太宰开心地叫了一声。

我抬起手当作回复，然后坐在他旁边。酒保问都没问，直接像平时一样把蒸馏酒的杯子放在了我的面前。

“你在做什么？”我问。

“我在思考，既哲学又形而上的思考。”

“具体是指？”

太宰想了想，回答道：

“世上的大多数事情，都是成功难于失败，对吧？”

“对。”我回答道。

“那我就应该立志‘自杀未遂’，而不是‘自杀成功’！虽然‘成功’很难，但‘未遂’失败就相对比较容易！对吧？”

我盯着蒸馏酒看了一会儿，然后答道：

“对。”

“果然没错！我发现了（Eureka）！我这就来试试。老板，菜单里有洗涤剂吗？”

“没有。”站在吧台里面的老酒保一边擦拭杯子一边答道。

“洗涤苏打水呢？”

“没有。”

“没有啊……”

“那就没办法了。”我点点头。

我重新环视了一遍店内。

酒馆设在地下，所以没有窗子。只有吧台、长凳、摆在墙上的空酒瓶、沉默寡言的熟客以及身着酒红色马甲的酒保挤在这个隐蔽得宛如獾巢的店里。地下的狭窄空间里挤了这么多东西，通路自然会窄到让人勉强能够擦肩而过。店里的东西都很陈旧，总让人觉得它们仿佛就是刻在空间本身上似的。

我喝了一口蒸馏酒，对太宰问道：

“你会在这里思考这么哲学的问题，这就表示，你在工作上失败了？”

“对，你说得没错。我失败了，严重失败。”

太宰噘起了嘴。

“诱饵作战啦。起因是因为我们掌握了情报，说不知道哪里来的一群乐天派，打算趁我们交接走私品的时候来抢货，居然想抢我们的饭碗，简直是给我们平白增添娱乐嘛。我想既然这样，那来的肯定是些威风凛凛的男子汉吧，所以就很兴奋地在那里埋伏了，顺利的话，我就可以壮烈牺牲了呀。可是出现的是十几个负责运枪的家伙，跟五日元硬币一样不起眼，算得上值钱的装备就只有带蓬机枪卡车和手提榴弹炮。你都不知道我有多失望，然后我就在仓库里布置了陷阱，设计了包围攻击，可是对方一看我们的架势就哭着逃掉了。托他们的福，我这次又没能战死，倒是要无聊死了。”

我就知道是这么回事。毕竟我无法想象这个男人失败的样子。

“他们是哪个组织的？”

“我们组里精力充沛的年轻人逮住了那些没逃掉的家伙，现在正在俘虏室里盘问着呢，过不久他们就会招了吧。”

他们不怕Mafia残忍的报复——从这一点来看，对方的确是胆量过人的男子汉。并且，与太宰的沮丧相反，既然他们准备了机关枪和榴弹炮，那就未必是认不清现实的蠢货了。

只不过这个得建立在“对手不是太宰”的前提之下才行。

Mafia里流传着这样一句话:“对于太宰的敌人来说，其最大的不幸就是敌人是太宰。”只要太宰乐意，他甚至可以在战争的枪林弹雨下开野餐。因为他就是一个天生的Mafia。

地下组织Mafia的“干部”——太宰治。

如果是不了解内情的人，见到这么一个少年模样的年轻人自报家门，说自己是Mafia的“干部”，估计会把这当作一个笑话吧。

然而，若是他们看到太宰树立的伟业清单——黑暗与鲜血的清单，他们肯定就笑不出来了。这两年来Mafia新获得的利益中，几乎有一半都是太宰的功绩。像我这样的区区一员小兵，根本无法想象其总数有多少个亿，以及为此搭上了多少人。

当然——任何光荣都是需要付出代价的。

“你的伤又多了啊。”我抿了口酒，指向太宰身上新缠上的绷带。

“是多了。”太宰看着自己的身体，笑了一声。

太宰的身体上刻着许多伤口，都是他立功的回报。

简单说来，他身上全是伤。他的身体经常处于某个地方需要维修的状态。这让我重新认识到，太宰所生活和呼吸着的地方，就是暴力与死亡的中枢。

“你这腿是怎么受的伤？”我指着那里问道。问的同时心里想，大概是因为惨不忍睹的厮杀造成的吧。

“我边走路边看一本名叫《如何避免意外伤害》的书，不小心掉排水沟里去了。”

真让我意外，这个原因听上去太敷衍了。

“那你胳膊上的伤呢？”

“开车太快从山崖上掉下去了。”

“额头上的绷带呢？”

“我尝试了一下什么叫‘拿块豆腐撞死’。”

“这伤是豆腐造成的吗？”如果真是这样，那他缺钙的程度也太让人绝望了。

“为了让豆腐变得坚硬，我独创了一种制作方法。像是用盐把水分都抽出来啦，在上面放秤砣之类的……在自己的厨房里。然后豆腐就变得非常坚硬了，甚至可以用来敲钉子哦，而且组织里的所有人现在对豆腐的作法都已经了如指掌了。”

Mafia的“干部”针对制作豆腐自创了一套独门秘方,不愧是“五大干部”之一的男人，做的事就是别具一格。

“做出来的豆腐好吃吗？”我问。

“非常遗憾……”太宰皱起了眉，露出一副不情愿的表情,“切成薄片沾着酱油吃，实在太好吃了。”

“居然是好吃的……”我赞叹了一句。太宰这个男人，不管做什么都会得到常人无法得到的战果。“那下次让我尝尝吧。”

“织田作先生……刚才那句话你应该吐槽才对。”

入口处传来了声音。我回头一看，只见一名学者打扮的青年正从楼梯上走下来。

“织田作先生太包容太宰君了。只要他说上两三句，就得用锤子狠敲他的后脑勺并且狠狠吐槽，否则情况会一发不可收拾的哦。看吧，整个酒吧都变成不存在吐槽的亚空间，老板甚至还在那边微微颤抖着呢。”

他的名字叫坂口安吾。戴着圆片眼镜，身穿西服，打扮得像学者一样，但其实他跟我们是同行，是Mafia的专属情报员。

“嗨，安吾！有一段日子没见了，你看上去还不错嘛。”

太宰面带笑容地举起了手。

“哪里不错了。我刚从东京出差回来，当天来回。我整个人现在已经跟旧报纸一样皱巴巴的了。”安吾转着脖子，坐在太宰旁边的吧台凳上。他把肩上背的洋红色挎包放在桌上，“老板，要平时的那种。”

几乎就在安吾落座于太宰旁边的同时，老板便将一杯金黄色的液体摆在了他的面前。从店门口传来安吾的脚步声的那一刻起，老板就在着手调酒了。玻璃杯中升腾的气泡在头顶灯光的照耀下，反射出沉静的光。

“出差真好啊，我也想去玩。老板，再来一份蟹罐头。”

太宰晃着空空如也的罐子说道，而他的面前已经摆着三四个空罐子了。

“去玩？不是所有Mafia都能像你这样，光靠打发时间就能活下去的啊，太宰君。当然是去工作了。”

“要我说啊，安吾。”太宰用手指拈起刚呈上的蟹肉，说道，“这世上的一切，都是为了打发离世之前的时间所用的工具哦。那么，你是去做什么工作了？”

安吾的视线在空中稍微停留了片刻，然后回答道："去钓鱼了。"

"哦？那可真是辛苦了。成果如何？"

"零。根本就是白跑一趟。我听说是欧洲的一级品才过去的，结果净是些居委会手工教室里随处可见的破烂儿。"

"钓鱼"是组织中使用的暗语，指的是收购走私商品的意思。大致上买的都是国外制造的武器和倒卖品，偶尔也会有宝石和美术品用在流通上。

"只不过，倒是有一个还算不错的古董时钟，是中世纪后期的时钟工匠的作品。可能是赝品吧，但是能做成这样也值得一买了。"安吾打开包，示意我们看里面一个用纸包起来的盒子。盒子上面还堆着香烟和折叠伞等出差用的工具。

"……交易什么时候结束的？"太宰看着这些东西，突然问道。

"晚上八点。连玩的时间都没有就直接回来了。"安吾苦笑道，然后又补充了一句："不过，我出的力已经达到薪水标准了，这样我应该也能保住自己的饭碗吧。"

"你可真懦弱啊，'对Mafia无所不知的男人'坂口安吾。"太宰坏笑着说道。

安吾是Mafia内部的情报员，负责与其他组织交换秘密情报。他不属于任何派系，直接接受首领的命令，传达机密性很高的重要情报，包括交易的日程、与其他组织的同盟，偶尔还要斡旋于内鬼、逃兵和叛徒之间等等。换句话说，他就是黑暗里的密使。决定组织趋向的重要情况几乎都是通过安吾再传到首领那里的。

当然，如果对安吾施以严刑拷打逼他交代情报，就能得到比黄金还要贵重的Mafia情报。一般人是无法担任如此重任的，这需要有如拧紧的铁丝一般顽强的品格。

“和历代最年轻的‘干部’相比，我这点业绩就相当于学生的简历一样。话说回来，你们两个今天在这家店是要办什么聚会吗？”

“是吗，织田作？”

“不是的。”我代替太宰回答道，“不是事先约好的，只是我到这里碰巧发现太宰也在而已。”这种情况倒是经常发生。

“是这样吗？我觉得今晚到这里来就能见到你们两个，所以就来了。”太宰说道，像是觉得自己说的话很有趣一般，露出了微笑。

“找我们有事吗？”

“没什么啊，只是觉得这样一来就会跟平时的晚上一样了，仅此而已。”太宰用指甲弹了酒杯一下。

我隐约明白太宰想说什么。我们经常为了逃避某些事物而聚在这家酒馆里，然后有一句没一句地聊着毫无意义的话题，直到深夜。

不知为何，我们经常在这家酒馆碰面。虽说隶属同一个组织，但太宰是“干部”，安吾是情报员，而我只是个没有任何头衔的最下级成员。以正常情况来说，别说是推杯换盏了，可能连彼此的名字都应该不知道。然而，我们现在却能像这样，无关立场无关年纪，互相倾听彼此的心声。这一切估计都是因为我们的立场相距甚远吧。

“说起来，”太宰盯着半空中空无一物的地方，突然低声道，“我们三个人好久没在这里一起喝酒了，都没怎么听织田作报怨过工作上的事情呢。”

“是啊，毕竟织田作先生的业务与我和太宰君都不同，稍微有些特别。”

“没有什么特别的。”我摇摇头，“只是单纯没有说出来的价值而已，就算我说了也没什么有意思的。”

“又来这一套保密主义。”太宰不满地歪着头，“说实话，我们三个人里面就数你工作上的事最有意思了。快坦白，这一周你都做了什么工作？”

我想了想，曲起手指回答道：

“调查Mafia旗下的商业街发生的失窃事件，犯人是附近的小学生们；然后，和据说弄丢手枪的同盟组织里的小混混一起在他家搞大扫除，最后在烧饭的锅里找到了枪；再然后就是帮自家公司董事调停他被妻子和情人夹在中间的家庭纠纷；还有处理在Mafia事务所后面发现的未爆炸的炸弹。”

“织田作，我说真的，要不要跟我换工作？”太宰眼睛闪闪发光地探着身子问道。

“换不了的吧。”

“可是有未爆炸的炸弹耶！安吾，你听到了吗？为什么织田作总能接到这么有意思的工作啊？不公平！我明天要去找首领直接谈判，就说，身为‘干部’却不能处理未爆炸的炸弹，我要辞职！”

一般的“干部”要是听到他的话，大概会瞪着眼睛昏厥过去吧，可安吾习以为常地随便附和了一句“是啊”。

我好歹算是Mafia的一员，但接到的工作徒有Mafia之名，其实净是些谁都不愿意做的杂活。原因单纯是因为我既没有地位也没有实绩，不属于任何派系，最容易被推以无聊至极又没有酬劳的工作。

总之，我就是Mafia内的杂役。

我可不是因为喜欢才做这些的。在被董事的妻子和情人夹在中间，左右同时不断地遭受怒吼的时候，我大概认真地考虑了两次要不要当场咬舌自尽。而我之所以会被逼入这种境地不得不接受这样的工作，只是因为——除此之外，我什么也不会做。

因为——

“那么，至少下次工作的时候带我一起去嘛，我不会妨碍你的。”

“这可不是明智之举。”安吾瞥了太宰一眼，“要是寻找犯人和失物倒也还好，但如果是处理人际纠纷的工作，带上太宰君只会让情况变得更加糟糕而已。”

“因为我而变糟糕的人际关系，听上去很棒呢。”

“看吧。”

我没有回应安吾的话，只是一言未发地喝着酒。

“太宰君，与其插手他人的工作，不如自己培养一些兴趣如何？比你那些自残念头更健康一些的那种。”

“兴趣啊……”太宰那张还残留着少年青涩感的脸上露出了一抹笑容，“国际象棋和围棋实在太简单了，很没意思啊。你有什么建议吗？”

“运动之类的？”

“我讨厌累。”

“研究学术呢？”

“太麻烦了。”

“那就烹饪……不，我什么也没说。”

安吾低下头捂住了嘴。想必他是回想起当初太宰招待我和他的那道名为“活力鸡肉汆锅”的味道了吧。虽然味道跟名字一样，确实让人充满活力，但是我们也失去了充满活力的期间，也就是食用之后那几天的记忆。事后就算我们再怎么追问他使用了什么材料，他也只是“嘻嘻”地坏笑着，不肯告诉我们。

“对了，我开发了新的鸡肉汆锅菜单哦。下次来帮我试吃一下吧？我将它取名为‘超人精力锅’，吃过之后连续跑几个小时都不会累，是梦幻的……”

“决不。”安吾一口回绝。

“要是不会累的话，在工作之前吃感觉比较好呢。”

“……织田作先生，你的问题就在这里，就是因为你不吐槽太宰君，才会使他行为失控。”

原来如此。刚才那里就是安吾所说的“槽点”啊，长知识了。

“老板，有锤子吗？”

“没有。”

“没有啊。”

“没有的话就没办法了呢。”太宰笑道。

“啊啊……刚工作完就开始头痛……”安吾垂下了头。

工作肯定很辛苦吧。

“安吾，你工作过度了。”

“工作过度啊。”

安吾用推测似的目光来回看了看我和太宰，然后说了一句“好像是的”。

“总觉得我在这里好像免费加班一样，今天就到此为止吧。”

“什么啊，这就要回去了？”太宰很扫兴似的说道。

“说实话，”安吾的笑意只传达到了嘴角，“每次来到这里，和你们二位一起喝酒，就会让我几乎忘记自己是Mafia成员，忘记自己从事的都是非法工作的事实。老板，多谢招待。”

安吾拿起自己放置在吧台上的行李，站了起来。

“这个包是出差用的行李吗？”我指着安吾的挎包问道。这个问题并没有什么特别的深意，只是我想不出其他可以挽留他的话而已。

“是的。里面没装什么贵重的东西，只有香烟、防身用的武具和折叠伞。”安吾大大地撑开挎包的开口，让我们看里面的东西，“还有就是工作上用的照相机之类的。”

“对了，我们来拍照吧。”太宰突然发出了活泼的声音，“以示纪念。”

“纪念什么？”我问。

“纪念我们三个人聚在一起。或者是庆祝安吾出差回来，庆祝你处理了未爆炸的炸弹。其他随便什么理由都好。”

“遵从‘干部大人’的旨意。”安吾耸耸肩说道，然后从挎包里掏出了黑色的照相机。那是一台老式的曝光型照相机，已经用得很旧了，很多地方上的黑色涂装都已经剥落。

“要拍得帅气一点哦。”

安吾苦笑着为我和太宰拍了照。在太宰的请求下，我也拍下了安吾和太宰挨坐在吧台边的照片。

太宰说“这个角度可以把我拍得更有男人味”，然后将脚踩上凳子上，摆了个歪斜身体的姿势。

“太宰，怎么突然提起要拍照了？”

“我只是隐约觉得，如果现在不拍，将来就没有任何东西可以证明我们曾经像这样聚在一起。”太宰微笑着说道。

他的话成真了。那一天，成为了我们最后的机会——让我们能够将彼此之间某种看不见的东西——因失去后的空白才得知它存在过的某种东西，留在照片上。

我们再也没能有机会在那家酒馆拍第二次照片。

因为在那之后不久，我们三人之中有一个，去世了。

一.

Mafia有三个规定。一是首领的命令要绝对服从，二是绝不能背叛组织，三是如果被打就一定要用更厉害的拳头打回去，而这个顺序也是按重要程度来排的。

所以那个早上，当我正在泡咖啡时接到首领打来的传唤电话，吓得嘴里叼着的那块面包差点掉地。

电话那头，顾问用毫无感情的声音通知我“织田作之助，首领要见你”。那个时候我脑子里蹦出了三个词——“用完即丢”“舍弃”“人事调动”，指尖顿时变得冰冷而麻木。

挂断电话之后，我急忙把面包塞进嘴里，再将加拿大培根和英式炒蛋分别切成三份，狼吞虎咽地吃掉。接着又将泡好的咖啡倒入杯中，加上方糖和奶油。

我一边穿衣服，一边将咖啡一口饮尽。幸亏滚烫的咖啡冲击了我的大脑，让我脑中那个妄想逃到某个不知名地方的蠢念头暂且消失了。我刮了胡子，穿上裤子，将皮带从两肩穿过，再把我经常使用的9mm手枪插进了皮带左右腋下的枪套里。最后穿上外套，走出家门。

我开着车在公路上乱飚，飞快地驶向事务所，路上的事记不太清楚了，好像曾经在三车线的公路上逆行了两三次。

总之，最后还是顺利抵达了事务所。我走到大厅，向负责警备的同事打了个招呼，然后搭乘电梯前往最上层。无论是让人联想到欧洲高级旅馆的大厅，还是仿佛近未来空间转移装置的电梯，都是那么的一尘不染，甚至连指纹的印迹都没有留下。

这间事务所建立在横滨中心的一级地区，附近还有四家同样规模的事务所。从可以将城市一览无余的玻璃电梯中向外眺望，会发现比自己视线更高的建筑物在一点一点变少，直到最后变成零。即便如此，电梯还是没有停下来。

我一边俯瞰着清晨的建筑群，一边暗忖首领传唤我的原因。

重新想想，如果只是想处分区区一个下级成员，不可能动用最上层的办公室。要是想让部下消失，只要随便找个废弃物处理场，把人叫出来解决掉，剩下的交给清洁工就行了。既不会花太多时间，也不会花太多金钱。现在这位首领远比当初领导港口Mafia的前首领们想法更合理，尤其重视这方面的环保问题。

不过，如果是这样，那首领找我这种成员究竟有什么事呢？

电梯开启的门打断了我的思考。前方的走廊铺着长毛地毯，无论在上面怎样奔跑都不会发出任何噪音，周围的墙壁则坚固到就算是火箭推进榴弹都无法将其破坏。令人找不到光源位置的完美间接照明，让整个走廊都笼罩在淡淡的乳白色光芒下。

办公室前站着一身黑西装的守卫，我报上了自己的姓名后，守卫便沉默着指向里面。

我站在通往办公室的法式大门前，再次检查了一遍自己的服饰，并且用手指摸了摸胡子有没有刮干净，然后干咳了一声，用在教会里呼唤上帝般的语气开口道：

“首领，我是织田，我进来了。”

“好嘛，爱丽丝乖乖，穿这条礼裙嘛，就穿一下，穿一下下！只穿一秒钟而已！”

……办公室传来了略显不妥的台词。

我假装自己什么也没有听到，等了三秒钟，然后再次调整呼吸。

“首领，我是织田，我进来了。”

“啊啊，真是的，怎么能脱得一地都是呢。这裙子可是很贵的哟。”

……又听到了一句不妥的台词。我稍微想了想，决定做一个什么都不知道不小心推开门的坏部下。

“打扰了。”

说出这句话的同时，我推开了法式大门，然后便看到有两个人正在宽敞的办公室里玩追逐游戏。一名白衣的中年男子，与一名十岁左右的女孩。女孩身上的衣服正穿到一半，而中年男子就是Mafia的首领。

“才不要，就是不要。”

“求你了，爱丽丝乖乖，就穿穿看嘛，好不好？这可是我认认真真为你选的哦。快看，深红色的花边！就跟花瓣似的，肯定和你很般配！”

“我不讨厌漂亮的洋装，我讨厌的是林太郎这股拼命的劲头。”

“我们不一直都是这样嘛。好啦，我追上你喽！”

“首领。”

我的出声让二人同时看向了我。首领笑容满面，一动不动。

“属下遵从您的指示前来拜访，请问有什么吩咐吗？”

首领还是保持着笑容一直盯着我，那是在寻求帮助的目光，可就算让我帮忙我也不知道要怎么帮啊。

“首领，您传唤我是有什么事吗？”

“呃……”

首领将房间里的桌子、吊灯、窗户、油画、白金烛台等物一一环视一遍，然后看着身旁的女孩说道：

“什么事来着？”

“不知道。”

被叫作爱丽丝的女孩用看路边呕吐物般的眼神瞪了首领一眼，然后打开邻室的门离开了。我等着首领下面要说的话。

首领快速扫视了室内之后，绕到中央的办公桌后面，按下手头的机关。可以将城市尽收眼底的玻璃窗顿时被通电遮光，变成了灰色的墙面。房间突然昏暗下来。首领刚在黑色的皮革办公椅上坐下，两名负责护卫的近卫兵就悄无声息地从房间的某个地方出现，站到了首领身后。红木桌上的台灯照亮了首领的侧脸，他眯着眼睛，皱着眉，将两只手肘支在桌上，双手交叉立于脸前，用低沉又洪亮的声音说道：

“说起来——”

“是。”

“织田君，叫你来也没别的事。”首领锐利的视线在昏暗的办公室中向我射来。

“是。”

“……织田君。”首领停了一会儿，又说道，“有没有人对你说过，‘要多吐吐槽’呢？”

他是怎么知道的？“经常有人这么说。”

为了寻求原因，我看向首领身后待命的黑衣人护卫，但那两位面无表情直立不动的同事此时竟悄悄移开了视线。

“总之，你是刚刚才来到这里的，你什么都没看见，听到了吗？”

“是。”我点了点头。事实上我的确是刚来不久，这无可厚非。“我是刚刚才来到这里的。首领中止了追逐女孩和企图帮她换衣服的行为，接见了我。非常感谢您。那么，您有什么吩咐吗？”

首领用手指捏着眉头思考片刻，像是理解了什么一般点了点头。

“……当初，身为‘干部’的太宰君曾经说过。‘织田作这个男人是没有其他想法的，虽然要习惯他是个艰难的过程，但一旦习惯之后反倒会觉得很治愈’……我现在有点明白这个意思了。”

我还是第一次听到这个说法。既然是太宰，肯定又是信口开河吧。二十多岁的大男人怎么可能会治愈其他人。

首领清了清嗓子，像是要把刚才的气氛一扫而空似，随后说了一句：“那么，我们就来谈事情吧。”

首领将原本放在桌子上的银色雪茄盒拿在手里看了看，从中取出一支雪茄，并没有打算吸，只是把玩了片刻，然后用很安静的声音说道：

“我想委托你找人。”

“找人吗？”我重复了一遍。虽说不是在这里解决我已经算是很幸运了，但是现在放心还为时过早。“请让我确认几个问题。既然首领亲自在这里委托属下，就表示您要寻找的人物并非普通人吧。像我这样的普通成员会不会有些能力不足呢？”

“问得好。”首领微笑道，“像你这样的级别，一般的工作都是在战争的最前线充当人肉防弹装置，或者抱着炸弹冲进军警的驻地去之类的。但是我听说你的评价不错哦，这次的工作务必要派你去处理。”

首领将雪茄放回盒内，然后抓了一把快要散下来的刘海，接着说道：

“失踪的人是，情报员坂口安吾君。”

如果有人能看透我的内心，大概会看到一座巨大的火山正在喷发的风景吧。数不胜数的问号从火山口喷发而出，将整片天空都覆盖住了。

可是事实上我所表现出来的反应，只是指尖弯曲了一下而已。

“你果然很冷静啊，我本以为，如果你露出了惊慌失措的反应就说明你不适合负责这件事……很好，我继续说了。安吾君是从昨天夜晚起开始音讯全无的。他似乎也没有回过家。至于是自己主动消失的，还是被谁绑架的，现在尚且不明。”

也就是说，安吾是在酒馆与我们分别后才失踪的。至少在酒馆我并没有看出他有异于平常的样子。

那个时候，安吾说他要回家。

如果他在说谎，我或者太宰总会察觉的吧。大概——应该会察觉的。

“如你所知，安吾君是Mafia的情报员。”首领懒洋洋地叹了口气。他的表情看上去仿佛打从心底担心失踪的部下是否安全一样。“他脑子里塞满了有关Mafia的重要秘密。例如Mafia黑账的管理方法、向Mafia上缴钱财的企业与官员的名单、定期交易走私品的生意伙伴的联络方式。如果卖给其他组织，不仅是一笔不菲的财产，还可以将组织的软肋一个不落地剁成粉末，再一把火烧了我们。就算没有发生这些事，安吾君也是我重要的优秀部下，如果他遇到了什么事，我还是希望可以救他。你明白我的心情吧？”

我无法说自己明白，毕竟领导黑暗组织的人与区区一个杂役的立场相差太多了。“当然。”我只是加了一句话，就像正餐的配菜一样。

首领拿起桌上的羽毛笔，用指尖转了起来。“处理这一类的麻烦事似乎是你的专长吧。在净是些擅长枪击、殴打、威胁的Mafia里，你这类人可是极其贵重的。我很期待你的表现哦。”

看起来首领明显是误会了。我并不是找人的专家，只是个杂役而已。的确，这种问题大部分都会交给我处理，但这恐怕只是因为我是个“枪击、殴打、威胁”通通都不会的Mafia。

首领看上去心情十分愉悦，他从桌子的抽屉里取出银箔的越前和纸，用羽毛笔行云流水般地写下了文字：

织田作之助者，常以泰然自若之姿，视纷杂万事犹如破竹。见之，则不须疑顾多言，止倾力相助尔。

鸥外

“只要出示这个，在组织里行事应该会更为方便。你拿着吧。”

我收下了那张纸，这张纸其实就是权限转让书，俗称“银之天启”。持有这张纸的人所说的话等同于首领所说的话，只要出示这张纸并下达指示，“五大干部”以下的人都无权拒绝。一旦拒绝就会被视作对组织背信弃义，遭到处决。

这张传说中的字条居然会在我的手中，这个事实让我产生了一种难以置信的非现实感。

“只要有这个，你连‘干部’都可以支使。”首领露出了微笑，“说起来，你与身为‘干部’的太宰君是私底下的朋友呢，真是跨越了立场的友情啊。他是个优秀的男人，如果你有什么困难，不妨去依靠他。”

“我并没有这个打算。”我回答道，这是实话。

“是吗？‘历代最年轻的干部’，这头衔可不是随便能得到的，虽然太宰君被组织的同事当成是异端分子，但在我看来，他的实力的确出类拔萃。再过个四五年，他应该就能战胜我，自己坐上首领位子了吧。”首领的脸上挂起了恶作剧的笑容。

我的表情依旧没变，内心却惊讶得几乎要跳起来了。我看向首领的脸，他那笑眯眯的表情甚至有几分孩子气，可我无法看出他的真实想法。这算是一种玩笑吗？

“我期待着你的好消息。”

首领将羽毛笔插回台座上，听到那“咔哒”一声，我行了一礼走向大门。

我的喉咙感到莫名的干渴。

有某种微弱的异样感隐藏在接连不断地发生的各种状况下，印在我的脑中挥之不去。可是那种异样感的真实面孔又像是一粒旧痣，它长在后背看不见的地方，既暗淡又模糊，很是奇怪。

“织田君。”

当我将手搭在门上正想离开时，首领的声音从后方传来。

“你肩上挎着的那把自动手枪，型号不错嘛。”

我看向自己的枪。陈旧的黑色手枪正静静地躺在挂于西装内侧的枪套里。

“只是一把我用惯的古董而已。但是，我很荣幸。”

“我有些好奇，所以想问你一下。我听说，你不曾用那把枪杀过人？一次也没有？”

我点了点头，这种事没有必要做伪证。“是的。”

“为什么呢？”

在回答之前，我需要几秒钟的时间来调整呼吸。

“这个问题，是您以组织首领的身份下达的命令吗？”我问道。

“不，单纯出于我个人好奇。”

“那么，我不想回答。”

那一瞬，首领瞪大眼睛愣住了。然后他抱起胳膊露出了微笑，看上去就像教师对自己不成才的学生感到很无奈一般。

“这样啊。那你去吧，我期待着你能带回令人满意的汇报。”

× × ×

同一时间，太宰抵达了港口。

自横滨港湾沿海走个十来分钟，就会来到被人工树林包围的仓库街。那里摆放着被人刮掉号码牌的小型船只、从世界各地收集而来的失窃车辆、用于精炼炸药的层析器。别说是附近的居民了，就算是市警，没事也不会随便进入这里。这里是以Mafia为首的黑社会管理区域，也就是所谓的地雷地带。

今早，有三个人的遗体被冲到了这个岸边。

“小心处理，别让市警知道了。另外叫清洁工过来，把尸体运走。”

在出现尸体的现场，一群黑衣男子正沉默地行动着，他们都是Mafia的成员。而这些身为城市流氓的成员，现在也都面无表情，只是按照命令进行着作业。

原因有两个。被冲上岸的尸体是他们的同事——Mafia的成员。因事态严重，没过多久就会有“五大干部”的其中一人来到现场视察。

“调查一下这些成员有没有家人，如果有……”指挥现场的Mafia说到这里停了一下，“由我来负责向他们解释。”

指挥现场的是一名年长的Mafia成员。一头白发，叼着雪茄，无论是黑色外套还是西装都十分精致贴身，看上去就像一名绅士。他是最老的那批成员之一，广津柳浪。

广津从怀中掏出发条式的金表，看了一眼时间。

“那名‘干部’很快就要到了，在那之前整理好被害情况。”

“各位～早上好呀～”

广津的话音几乎刚落，人工树林那边就传来了声音。所有人都一脸紧张地回过头去。

出现在那里的人是一个甚至可以称之为少年的年轻人。他的脑袋、脖子和胳膊都缠着绷带，头发蓬乱，步履蹒跚。正是Mafia的“五大干部”之一——太宰治。

广津迅速熄灭了雪茄，将它收入怀中的随身烟灰缸里。所有黑衣男子都将手举至胸前，行了最恭敬的一礼。

“等一下哦，我现在正要突破这个难关呢——啊，不妙，被超过了！吃我一招轰炸！嘁，居然被躲开了！”

太宰一边走，一边与小型的掌上游戏展开格斗。因为注意力完全集中在掌中画面上，他的脚步十分不稳，看上去只要前面有一点落差就会扑倒在地。

“啊啊真是的，这一关不管打多少次都打不过去！这个曲线实在是个问题了，每次通过这里的时候都——啊，又被超过了！”

“太宰先生。”广津小心翼翼地代替什么也说不出来的部下们叫了他一声，“劳驾您过来真是过意不去。遇袭的人是武器库的警卫，具体情况——”

“好久没遇见这么不知天高地厚的人了呢，居然敢袭击Mafia的武器库！死因是？”太宰的注意力还是放在游戏上，问道。

“每个人都是被9mm手枪击中十到二十发子弹，当场死亡。之后，库内保管的军火被盗走。分别是四十支自动步枪、八把散弹枪、五十五把手枪，两支狙击枪和八十枚手榴弹，启爆式的高性能炸弹共计十八千克。管理进出的电子密码锁是正常输出密码解锁的，但密码的流出途径现在还——”

“那我去看看，这个麻烦你了。”

“啊……”

看到突然被递至面前的掌上游戏机，广津的表情僵住了。

“诀窍是要在中盘路线的直线上，看准时机使用加速道具哦。然后，尸体呢？”

“啊，那个，我们把遗体摆在了防波堤旁边——唔，这，这个要怎么按……”

拿反了游戏机的广津手忙脚乱地操作着，但太宰并没有理会他，而是踩着轻盈的步伐走向了那边。

那里摆放着三具尸体。每个人都是戴着墨镜身穿黑衣的强壮男人——至少在昨天之前还很强壮。因为在海里浸泡了几个小时，所以身体十分臃肿，但并不像溺死的尸体那样可怕。因为在被投入海中时，他们的血液已经差不多流光了，直接沉入了海底。

“唔……”太宰看上去似乎没有太大兴趣，只是俯视着尸体。“武器都没从枪套里拔出来，真不争气啊。而且……弹痕几乎是贯通的。从这个弹痕数量来看，既然可以贯通身体，那应该是冲锋枪从近距离射击的吧。能在他们没有察觉的情况下来到这么近的距离，看来对方的手段很高明啊。值得期待。仓库的监控录像呢？”

这段话的最后一句，是冲着广津说的。广津正一脸沮丧地低头看向手里的游戏机。屏幕上正放映出机体遭受严重毁坏的电子影像。

“真是无地自容……”广津的声音显得有气无力。

太宰也带着不可思议的表情看向广津，看上去他已经忘了是自己把电子游戏机交给对方的。

“广津先生。”太宰眯起眼睛。

“那个……再给我一次机会，肯定可以做到。”广津重新拿好游戏机，辩解道。

“跟毒品扯上关系并且惹出问题的部下，还是尽早舍弃比较好。”太宰突兀地说了这么一句。

“毒品？”广津的脸色顿时刷白。“不，没有人沾上那种东西。我自然也不会让部下……我的部下都很优秀。”

“腰上的手枪。”太宰指了指广津。

广津迅速用手挡住了夹在西装带上的手枪。这并不是有意识的行为，而是条件反射。

“广津先生，你平时不会随身配枪吧，而且你对待武器的处理方式一向很慎重，看你这么草率地把枪夹在腰带里，这把枪应该既不是私物也不是商品。再加上它加工的情况，这应该是你部下的东西。对吧？”

广津默然不语，没有回答。太宰继续说道：

“身为百夫长的你，手下大约有二十名部下。这把枪是从部下那里借来的吗？不是。在早上的这个时间段，不会有需要用枪的案件。这是你抢过来的。为什么？枪托上有白色粉末与些许血迹。但是你身上既没有粉末也没有血迹。是部下因为毒品引发了骚动吧？就在昨晚，背着你干的。然后你就把部下捆了起来，抢下他的武器，因为你不知道他会干出什么事。”

“这……”

广津发出了压抑的声音，可太宰打断他的话，继续说道：

“你的部下轻视了组织方针哦，广津先生。毒品生意虽然利益大，但也会带来很多麻烦事。异能特务科、缉毒警察、军警的反社会组织监视组都对此虎视眈眈。这会给政府机关一个绝佳的借口，毕竟他们正摩拳擦掌地等着我们露出破绽。因此，只是缴械手枪是不够的啊。”

“可是……”

“广津先生，不知道为什么，我会被抬上‘干部’这么一个高位上。当了‘干部’之后，就算再不情愿也会有自己的部下，但我可不是那种会利用不成才的部下去投机取巧的人。所以，没本事的家伙我都毫不犹豫地舍弃了。你那个部下应该得到处分哦。”

“……非常抱歉。”广津从喉咙里挤出声音说道。

在Mafia的世界里，所谓的“处分”就是指处决。如果不服从“干部”级成员的命令，那么自己也会被视作叛徒，走向同样的命运。

虽然广津道歉了，但也没有再说什么。太宰用冷冰冰的视线盯着广津，仿佛连时间都冻结住的沉默在二人中间蔓延开来。

“……吓到你了吧！我开玩笑的啦。”

太宰突然用明快的声音说了一句。

广津一脸困惑地看向他。

“正因为广津先生不会轻易舍弃部下，所以部下才愿意跟随你吧。这件事就交给你了，我会向首领保密的。”太宰笑着拍了拍广津的肩。

广津一边点头，一边下意识地摩挲自己的喉咙，他的肌肉一直僵硬着。

身为历代最年轻“干部”的太宰，在组织里也是个活生生的传说。没有什么真相是能够从他的眼皮底下逃脱的——无论是外部的敌人，还是内部的丑闻。

而且最重要的是，谁都想象不到太宰会期望什么，厌恶什么，维护什么，揭发什么。关于这方面，就连在组织里待了数十年的元老广津也不例外。

刚才的广津就算被太宰给予“处分”也没有什么可奇怪的。

“那我们回归正题吧。袭击者的录像呢？”太宰打了个响指问道。

广津使了个眼色，一名黑衣部下就把冲洗出来的监控影像拿过来了。共有五张。太宰接了过来，拿在手里看了看。

照片上拍下了几名入侵仓库的男人将Mafia储藏的军火搬运出来的一幕。他们背着磨损的褡裢，将略脏的帆布当作外套穿在身上。

乍一眼看上去，他们的打扮就像小巷深处的流浪汉一般。可是——

“是士兵吧。”一看到照片，太宰就轻轻一笑，“而且还受过相当程度的训练。”

太宰变换着角度，又把浮现在微暗背景中那几个衣衫褴褛的男人看了好几次。

“冷不丁一看，会觉得他们只是流浪汉而已，但是他们采取的是菱形前进阵型，以便消除所有死角。广津先生，你认识这把枪吗？”

太宰指向袭击者腰上的手枪。

“是很旧的型号啊，而且相当有年头。估计比我还要老吧。从灰色的枪身和狭窄的枪口来看，应该是被称为‘灰色幽灵’的欧洲老式手枪。”

“我昨天看过这把枪哦。”太宰眯起了眼睛，“袭击武器库的人，不久之前曾经袭击过我们。如果真是这样，那么上次就是——佯攻吗。呵呵呵，这可真是有趣，他们比我预想的还要有意思啊。”

太宰拿着照片，转身背对众人迈开了步伐。他将拇指贴在唇上，一边自言自语，一边在周围来回踱步。

“之前说交易现场会遇袭的情报是故意泄露出来的吗？这样就可以让我们把战力集中到一个地方，从而令武器库守备薄弱。然后他们趁机盗取武器——而且数量庞大。为了什么？要倒卖吗？不，如果是那样，没有必要偷武器。原来如此，这是——”

太宰嘀嘀咕咕地陷入了沉思。见他这个样子，部下们只能沉默着等待。

“……”

广津之下的部下都一动不动地等着这位比自己年轻许多的“干部”静静地思考完毕。

“我觉得啊……”

让现场沉默了好一会儿之后，太宰突然说道：

“有点渴呢。”

“我让手下去买些喝的。”广津用手指向身旁的部下做了个指示，一名成员连忙跑开了。

“我要奶精很多很多的咖啡，要冰的哦。”太宰用明快的声音向奔跑的黑衣男子喊道，“啊，但是要去冰的，要是有不含咖啡因的就最好了，糖要放双份！”

黑衣男子冒着冷汗重复太宰的指示，太宰看着他越来越远的背影，嘟囔了一段话：

“广津先生，这次他们袭击的不是普通的武器库，而是三个最高保管室的其中之一，里面保管的都是Mafia紧急情况专用的军事装备。这里的警备十分严密，未经许可光是靠近这里就会触发警报。敌人却轻而易举地使这些失效，还使用正确的密码入侵到了里面。

那个密码只有‘准干部级’的人才知道。敌人是怎么得到这个最高机密情报的呢？”

广津的表情僵住了。能想到的原因只有，敌人对内部人员实行严刑拷打逼其说出来的，或是使用某种异能力把情报抽取出来的，还有一个可能性——组织里有内奸。

无论哪个是真的，得到的结果都很糟糕。

“这一带会变成交战地的。”太宰看着大厦鳞次栉比的都市那一头，扯起一抹淡淡的笑容，“到处都是冲天的火柱，似乎可以看到被烧得火红的天空。”

“现在还不知道敌方组织的情报吗？”广津用扼制了情绪的声音问道。

“我那边的部下拷问了昨天的俘虏，试图让他吐出情报，但没能如愿。对方抓住了那一瞬的机会，吞下藏在槽牙里的毒药自杀了。唯一问出来的，只有敌方组织的名字。”

太宰用锐利的目光看向广津，像是要表现出他接下来这句话所包含的意义一样。他的目光让人产生一种预感，仿佛这里即将刮起交织着鲜血与暴力的暴风，如果是普通人看到这样的目光，一定会连续好几天被噩梦困扰。

“……‘MIMIC’。”

× × ×

在首领的一再恳求下，我开始追踪安吾的下落。但当下我还没有任何线索。追踪Mafia的情报员与搜寻逃跑的家猫可不是一回事（事实上我的确找过猫，所以这点我可以肯定）。如果是猫不见了，只需要在附近喂食的地方埋伏就可以了，但是我完全无法推测出能够给安吾喂食的地方在哪里。

无奈之下，我假设了一个情景。

安吾消失的原因有两种可能性。一是他主动消失的，二是被谁带走的。如果是前者，那我就无能为力了，毕竟他不是反抗父母的青少年。如果他有这个意愿，完全可以准备几百万无法查明来源的金钱，有了这些钱，甚至可以逃到地球另一面的游牧民族的帐篷里去。因此，这个假设排除。

另一个可能性是，安吾在某人的强行制约下被迫转移了。正如首领推测的那样，敌对组织看中了安吾脑袋里的情报，这应该是最有可能发生的。

如果是这样，我希望安吾能悄悄地留下什么线索，例如格林童话里的面包渣之类的。

于是我采取的第一个行动，就是拜访安吾的家。

现在想想，我对安吾的私生活几乎一无所知。我们之间的距离感一直都是这样，无论是太宰还是安吾，都没有说起自己的私事。

我们三人就像下雨天碰巧凑在同一个破庙屋檐下的逃逸夜贼。彼此对对方的本性都不了解，只是没完没了地聊天而已。

只不过，由于安吾经常出差，需要不停地更换旅店，我记得在某次聊天时听他偶然提起过。如果性命经常受到威胁，他应该会选择和Mafia有关的旅店吧。这样的旅店县内有好几家。他们尊重客人的隐私，时常安排二十来个持枪警卫，如果是普通的客人，则只有被选中的人才能进入。

我给这些旅店打了几个询问的电话。声音死板的经理在得知我是组织里的人后，态度马上变得和蔼起来，诚恳地回答了我的问题。听那口气，感觉如果我是面对面问他，对方就会蹭到我的膝盖上似的。

在打给第三家的那通电话里，我找到了安吾的所在地。

那是一家离大马路稍远的旅店，有着驼色的外墙，高达十八层，周围簇拥着类似的建筑物和公园。虽然现在是白天，但这一带被笼罩在一片寂静之下——或者说是“沉默之下”，而且是Mafia领地中惯有的沉默。看上去像是安吾会喜欢的地方。

我从经理那里拿到钥匙，前往安吾租借的房间。据经理所说，安吾在大约半年前就预付了那个房间的房费并开始居住。或许由于职业的关系，他很少会回到那里，通常是每隔几天突然出现一次，天亮后又离开。经理说，他似乎从来没有邀请其他人进入房间。

房间是整洁的单人间。

清洁工作做得很到位，房间里纤尘不染。饮茶室里几乎没什么生活用的家具，小小的书架上排列着几本各地的乡土资料和陈旧的小说。天花板上的排气孔隐藏得极为巧妙，不仔细看甚至不会发觉，正在工作的换气扇也基本上听不到什么声音。房间内有一把黑色的木制圆椅，孤零零地被放在角落里。

除此之外，还有一张小号的书桌，以及床单铺得没有一丝褶皱的单人床。在枕头边的台灯下面，放着一本摊开的传记，讲述的是一百多年前一名留下艺术性算式的天才数学家的故事。

这个房间充满了安吾的风格，既知性又整洁，冷冰冰的，让人完全感受不到生活的气息。

我站在房间中央，静静地环视四周。

有什么东西让我觉得无法释怀。某些非常不起眼的东西，平时压根不会让人在意到的东西。

“坂口安吾，Mafia的情报员。”我试着出声地说道，“神秘的知识分子，谁也不知道你的真实身份。”

当然没有人回答我。我走向窗边。

窗户是两面开的，精巧地镶嵌着四块玻璃。透过窗子，可以看到横滨的街道。正下面就是公园，前方则是一排高层大厦。到了夜晚，应该能看到星空倒映在湖面上的夜景吧。

我背对着窗户，看向房间内部。就在这个瞬间，我察觉到了那种异样感是什么。

我是个不会杀人的Mafia，所以才会被不停地安排愚蠢的杂活。但是就在我不声不响地完成这些任务的时候，也开始练就了某种类似于直觉的东西。那是一根非常纤细的，仿佛马上就要断掉、带着某种异样感的线。不过，在将那根线拉向自己的时候，我也会发现意想不到的真相。

放在房间角落里的那张黑色木制圆椅，显得十分不自然。看上去并不像旅店的用品，而且这个房间里也没有与它配套的桌子。

我走了过去，看向椅子。那只是一个非常普通的量产家具。我把它搬起并翻了过来，希望下面能贴着什么重要的线索，但什么也没有找到。

我又把它放回了原位，蹲下来仔细观察。这时我发现了，椅子的座面上，有几道粗糙的痕迹，可椅子本身看上去并不是很旧。再仔细看看，虽然只是轻轻擦过，但还是能看到类似皮鞋鞋印的白色印迹。

我再次环视房间。

——天花板的排气孔。

我把椅子搬到了排气孔的正下方，站在椅子上，勉勉强强碰到天花板。排气孔里嵌着白色树脂制的网，看不太清楚里面是什么样子。

我费了一番工夫把树脂网拆了下来。里面的排气管中有一个静静旋转着的换气扇，我用手指摸了摸换气扇的周围。

摸了片刻之后，我感到自己的指尖触碰到了什么东西，于是把它扯了出来。伴随着拖拽的声音，一个小小的保险箱出现在我面前。

我跳下椅子，拿着那个保险箱，擦去上面的灰尘。

那是一个很小的白色保险箱，可以用双手轻松拿起。箱子上着锁，无法打开盖子，但只要有钥匙或是专门的开锁工具，应该就可以开启。

我两手捧着它在胸前粗暴地晃了晃，然后便听到了某种金属东西滚动时发出的“咔啦咔啦”的声音，倒也不是很重。

这时，我看到了一幅画面。

我手中的这个白色保险箱，瞬间被染成了鲜红色。

眼前的墙壁和地板也全部被染成了鲜红色，因为有某种喷出来的东西粘在了上面。

是血，我的血。

就在我看向胸口的同时，鲜血再一次从胸口喷了出来。

从背后射中，贯通胸膛。

我回过身去，正好看到破碎的窗玻璃掉落下来的一幕。

在窗子对面，离这里很远的一栋大厦的一个房间里，有某个东西——像是狙击枪的瞄准装置——在阳光的反射下闪闪发光。

我伸手想拔出侧腹的手枪，手臂却被高速射来的子弹弹开，血雾喷洒之下，我整个人跟着转了半圈。

我尝到了涌上喉头的血腥味，弯曲着倒了下去，视野渐渐陷入了黑暗。

画面结束了。

我现在的状态和刚才一模一样，手里捧着保险箱正站在房间里。

保险箱是白色的，窗子也并没有被打破。

我抱着保险箱瞬间趴在地板的地毯上。

几乎同时，室内响起了玻璃破碎的声音。正对的墙壁上出现了一个黑色的孔洞，马上增加到两个。

我在地板上滚动着离开了窗口，直到看不见窗户对面那栋高楼大厦的位置，然后才从侧腹的枪套里掏出手枪，背靠墙壁举起。

桌子上有一面手镜，我伸长胳膊好不容易抓住了它，由于手上全是汗，差一点儿弄掉了。我勉强重新抓好镜子，然后调整角度，让自己能够看到窗外。

我看向刚才那个画面中出现的大厦房间，透过镜子看到了正在移动的人影，但是看不清对方的打扮。人影迅速收拾好携带的物品，瞬间就消失了。

我放下了枪，这才发现自己刚才一直屏住了呼吸。

是狙击手。

这个房间里究竟有什么？安吾究竟发生了什么事？我刚才已经死在狙击之下了，既没有看到枪火，也没有听到子弹发射的声音。而且对方一看到狙击失败，便立即决定撤退，明显是个专家。

就在刚才，我死了，胸口被狙击而死——

如果我没有异能的话。

× × ×

我从楼梯的扶手滑下，来到了外面。

狙击手应该还没有逃得太远，我必须找到对方。

我推开了好几个旅店里的无辜客人，从建筑物里跑了出去，一边跑向刚刚狙击我的那栋大厦，一边掏出怀里的手机。

优秀的狙击手即便是从一公里外的距离也可以击穿目标的心脏。但是距我目测，狙击点离那里并没有那么远。狙击手之前所在的那栋建筑物我也知道，只要是这个城市里的东西，就连地图上找不到的小巷子我都烂熟于心，自然也能够锁定敌人有哪些可以逃脱的路线。

我一边跑，一边按下手机按键，打给了太宰。

“太宰吗？”

“哎呀，真难得啊，织田作居然会给我打电话。这是要发生事件的预感啊！嗯嗯嗯，就让我用天才的头脑来猜猜看吧。肯定是你突然想到了什么非常有意思的笑话，实在等不及想告诉我才打电话——”

“我被狙击了。”

我刚说完，太宰的话就像被吸回肺里一样中断了。

“就在安吾的房间。我现在在追狙击手，旧书大道对面的某栋大厦是狙击点，如果要从那里逃走，只有穿过国曜寺、穿过码头的运输口、或是从御船商业街的后面跑掉这三条路线。”

“你想让我把对方的退路堵住？”

我犹豫了一瞬。之所以给太宰打电话，是因为这种突如其来的时候，我没有其他人可以依靠。可是太宰是“五大干部”，仅次于首领的Mafia统率者。一般来说，跟这样的人物打交道应该先请教他的随从，再等上一个月左右才能得到面见的许可。给这样的“干部”打电话并且指使人家做事，简直就像拜托大总统去溜狗一样。

“太宰，我手里现在有‘银之天启’，你不介意的话——”

“说什么呢，有没有那玩意儿都一样啊，你现在遇上危机了吧？”太宰用明快的声音说道，“我这就派部下去封锁道路，我自己也过去，你可别追得太过头哦，织田作。”

我道了句谢，然后挂断电话。

接下来只需将注意力全部集中在如何让双腿活动得更快一点就行了。

狙击手是什么人?

狙击手这类人，恐怕性格极为慎重，并且有很强的忍耐力。比起神佛,他们更崇拜计划。只要选定了敌人,找好最合适的狙击地点,他们就只需要静静地等待。在目标出现在瞄准器另一端之前，他们会连续好几天保持同一个姿势等待。用随身食物满足空腹，如果食物耗尽便什么也不吃地等待。

既然狙击手会在那里，就表示对方确信自己应该射击的人物会出现。

最自然的想法是，监视着安吾房间的狙击手，其目标是安吾本人。这样想是最正常的。他想狙击在不知情的情况下回到房间的安吾，这可能就是他的计划。

然而，这样一来也有几点不自然的地方。为什么狙击手会改变计划，袭击我呢?

我是在几个小时前才刚刚决定去安吾房间的，原因只是无奈之下的一时兴起罢了。

并且，狙击手是在我刚发现白色保险箱的时候扣动扳机的。如果要实行狙击，应该在我刚进入房间的时候狙击才对。

或者是,狙击手可能没有针对特定的对象。只要进入那个房间,无论是谁他都会开枪;又或者，无论是谁发现这个白色保险箱，他都会开枪。

唯一能确定的就是，安吾现在似乎正处在一个大麻烦的旋涡之中。

我一边回忆安吾那张戴着眼镜、悠然淡定的脸，一边在路上奔跑着。

就在我怎么呼吸都觉得氧气供应不上来，且视野开始变得白蒙蒙的时候，终于抵达了狙击手的预计逃跑路线之一。这是一条狭窄又昏暗的小巷，城市里的乌鸦吃剩的残羹零乱不堪地散落在周围。

在来这里的路上，我穿过了两座私宅庭院，跨越了三个私有车库。除非敌人对这一带地形十分熟悉，否则也有可能在我之后才到达这里。

就在我这样想的时候，建筑物的间隙中突然出现了一名持刀者抓住了我。

这把类似解牛刀的匕首在脸侧一闪，我迅速歪头躲过了那一击。刀尖从我的耳边擦过，留下了冰冷又锐利的触感。

对方整个人向我撞过来，似乎打算采取缠身战术，我抬起脚冲着他的身体狠狠地踹了过去。反作用力让我摔在垃圾遍地的小巷里，但还是成功地拉开了与对方的距离。

我看向袭击者。

那是一个穿着灰色的破烂衣裳、国籍不明的男人。乍一眼看上去，这脏兮兮的打扮就像一个流浪汉，但他脸上的黑色污迹有手指擦过的痕印。大概是故意涂上去的吧。他的身体微微上下晃动着，左手倒握着匕首。双肘抬高，右手摆出了保护面部的姿势，这是为了在敌人的近身攻击下，能以最简单的动作保护自己的要害，同时保证自己可以迅速反击。他浑身迸发出训练有素的杀气，如同一头斗犬。

看他这副模样，我得知了几件事。他知道我是Mafia，并且没有因此感到畏缩或是露出破绽。恐怕与镜子中那个一晃而过的狙击手是同一个人吧。而且毫无疑问的是，他打算在这里把我解决掉。

男人向前踏步，同时挥出了握着匕首的左拳。如果正面承受这一击，我的脸就会被拳头击溃，而试图逃跑或挥开又会被匕首割裂皮肉。我把体重压在背后的墙上，通过反作用力跳向另一个方向，与男人保持距离。然后在转身的同时从枪套中拔出手枪，几乎与此同时，我开了一枪。

子弹挨着男人的指尖，射在他刚才打算落脚的地方。男人的动作停了下来。

从我拔出枪到射出子弹，时间不到零点一秒。如果这个男人精于战斗，应该会明白我那一枪不是随便射出，而是瞄准了那个地方为目标的。

我举起手枪，对准了对方的双目中间，以这种方式告诉他我随时都可以射穿那里。

男人应该有充分的时间来明白这一点的，可他竟然还向前迈了一步。

匕首斜着刺了过来。

我向后一跳，躲过了攻击，并向空中开了一枪以示警告。枪声在狭窄的小巷里回响，可对方丝毫没有感觉。他脑袋的角落里一定有一个小盒子，而他的恐惧感应该就被塞在那里面封锁起来了吧。

男人伸出了手臂，却不是为了抓我。我吓了一跳，迅速把夹在左腋下的白色保险箱往回一撤。敌人的手扑了个空。男人迅速调整了姿势，一边用匕首制约着我一边再次拉开了距离。

对方的目标是这个保险箱。

为了得到它，他才假装逃跑，躲在这里等着我。

如果是这样的话，我刚才或许应该拿着它一溜烟逃掉。敌人是什么来头，这个保险箱有什么价值，我一点儿头绪也没有。而且敌人是个惯用匕首的好手，听到枪声也面不改色。况且我——

敌人刺出了匕首，我向墙壁开了一枪，希望他能够退缩。可对方预先判断出枪口对准的位置，丝毫没有退缩地继续向前攻来。

背后传来了人的气息。我往前一趴，倒在地上。

闪现的枪火照亮了小巷。伴随着仿佛将金属击折般的枪声，一颗子弹从我的耳边飞了过去。这不是我射出来的子弹。

我的身体僵住了。虽然无法明确地调转视线，但我马上看清了现在的局面。

背后还有一个敌人。

在狙击行动中，除了举枪的狙击手外，通常还会有一名被称作观察员的支援者。观察员与狙击手常常组队行动，主要负责修正狙击地点以及指示时机。根据情况的不同，也会负责侦察工作或清除靠近的敌人。

在狙击手转入反击时我就应该预料到的，对方是二人组。

第二个敌人手里有枪，不是狙击枪，而是老式的手枪。我把手边的垃圾袋甩了出去，临时充当烟雾弹，然后对着墙壁一通乱射，希望能用跳弹代替弹幕。

还没来得及确认效果，持刀男就攻了过来。

匕首和手枪碰撞在一起击出了火花。保险栓根部的金属被匕首削掉，发出了凄厉的声音。

我冲着对方的脚踝使出了一记扫堂腿，失去平衡的男人不由得单手支地。

我近乎条件反射地扔掉了保险箱，拔出另一只手枪。我两只手都能用，所以平时都会带着两把枪出门。我几乎是下意识地将枪指在对方的面前，贴着他的鼻尖。在这个距离下他是无法摆脱的。

如果我现在开枪，对方应该什么都来不及思考当场死亡吧，甚至都没有时间感受到痛苦。他的大脑和意识会印在小巷的墙壁上，而他的人生也像变魔术一样瞬间消失。

我没有开枪，只是就地一滚拉开距离，看着两把手枪和两个敌人，站了起来。

“织田作！蹲下！”

太宰的声音就在这个时候响了起来。

在声音传来之前我就知道，那个要来了。所以我向前倾倒，瞬间趴在地上。随即，狭窄的小巷中就爆出了闪光与炸裂的声音。

凭借异能预料到这一幕的我趴在地上，闭着眼睛堵上耳朵，躲过了闪光。但是对于视线被突如其来的闪光手榴弹扰乱的敌人来说，就没有任何手段得以避开下一波攻击了。

仿佛从天而降的轰鸣声在小巷里炸开。

闪光爆破声、金属炸裂的刺耳声，还有地面碎裂、墙壁剥落的声音。9mm的子弹如同水平方向上的滂沱大雨一般，从我的头上纷纷射了过去。

四名黑衣男子从小巷的入口处一拥而上。所有人的腰上都别着冲锋枪，挨着我的身边跑了过去。是Mafia的人。

冲锋枪的弹雨落在没有任何遮蔽物的狭窄小巷中，就算是身经百战的强者也无法闪避。在暴风般的弹幕之下，我听到衣衫褴褛的两名男子发出了短促的惨叫声。

回过头去的我看到了从他们的身体里喷涌出来的血。鲜血仿佛浓雾一般笼罩着他们，然后溅在两侧的墙壁上，发出了潮湿的声音。

“你可真是个让人头疼的家伙啊，织田作。其实只要你愿意，明明可以在眨眼之间杀掉他们的呀。”

太宰踩着轻快的步伐走了出来，看上去似乎愉悦到就快吹起口哨。在太宰看来，即便是充满了冲锋枪吼声的小巷，也跟假日干净整洁的商贸大厦没有区别。

太宰向我伸出了手，我抓着他站了起来，然后环视小巷。

“你解决他们了吗？”我看着倒在地上的刺客二人组说道。

“嗯。就算活捉他们也问不出什么情报的，毕竟这群家伙最喜欢的就是藏在槽牙里的毒药味道了。”

我没有说话，肚子里有个如同岩石般沉重的硬块。太宰微笑着说道：

“我知道啦，你问的不是这个对吧？但是织田作啊，对方可是战斗专家，就算你再怎么厉害，也不可能留下他们一条命的啊。”

“你说得对。”

我点了点头。太宰总是对的，而我却总是做错事。

“你心情很差嘛……让你改变自己的主张，我很抱歉。”太宰的笑容淡了几分，说道。他几乎没有跟别人说过“抱歉”这两个字，因此这句话让我觉得格外真诚。

“没有，真的很感谢你救了我。如果你没来，我刚才已经死了。”

“织田作之助，一个无论发生什么事都坚决不肯杀人的神奇的Mafia。”太宰无奈地摇摇头，“就是因为你这个麻烦的信条，才会在组织里被人当成跑腿的啊，织田作。明明身手那么利落——”

我沉默着摇了摇头。

“这句抱怨我已经听了几万次，都快产生自我厌恶了。我们来说说这两个袭击者吧。”我用目光示意倒在那里的袭击者。

“你说你是在安吾的房间里遇袭的？”

我简短地对他讲述了旅店发生的事，太宰一言不发地听着。

“原来如此，那把狙击枪，大概是从我们的武器库里偷走的吧。”听我说完，太宰说道，“你看看那家伙的腰就知道了，上面别着一把老式的手枪吧？”

闻言，我看向倒在地上的两个袭击者。虽然在破烂衣服的遮挡下看不清楚，但他们的确都在腰间别着老式的手枪，手枪是灰色的，枪口很细。

“这是相当有年头的欧洲手枪，因为连射性和准确度都很粗糙，所以不适合在这种狭窄的巷子里展开枪战。”太宰从遗体身上捞起手枪，兴致勃勃地看着它，“对他们来说，这把枪恐怕类似于徽章吧，为了表示他们的身份。”

看起来太宰对袭击者的了解比我还要多。

“这些男人是什么来头？”我向太宰问道。

“‘MIMIC’。”

“MIMIC？”

第一次听说。

“现在还不是很清楚，不过这应该是个欧洲的犯罪组织。目前只知道他们因为某种原因来到了日本，以及他们与港口Mafia发生了冲突。”

与Mafia对立的犯罪组织并非罕见。

在横滨附近也有与Mafia争夺地盘的犯罪组织，在政府管不到的横滨租界里居住着无数逃犯，他们彼此吞食着对方的领地。全世界待洗的黑钱流入避税区，使企业犯罪和佣兵生意大大受惠。就算是有国外的犯罪组织想到这里来大发横财也不奇怪了。

但是，全世界能有几个犯罪组织，能拥有配备了观察员的职业狙击手？

太宰仿佛从我的脸上看出了我心里的疑问。

“唔，详细的情况还在调查啦。”他耸耸肩说道，“不过，从有狙击枪瞄准安吾房间的这一点来看，或许能知道些什么。”

“是为了取回这个保险箱。”我举起白色保险箱说道，“这是安吾房间里的东西，但是没有钥匙，打不开。如果能知道里面是什么东西，说不定就有线索——”

“什么嘛，就这个啊？”太宰又恢复了懒散的笑容，“那很简单啊，给我一下。”

我把保险箱交给太宰，太宰摇晃了一下保险箱，确认声响之后，从脚下的垃圾里找了一枚办公用的别针，捡了起来。他用指尖将别针的尖端稍微掰弯后，插进了保险箱的钥匙孔里。

太宰晃了晃别针，连一秒钟都不到，保险箱里就传来了齿轮咬合的声音。

“好了，打开了。”

这家伙真能干。

“来看看里面究竟有什么吧？”

太宰打开保险箱的盒子，探头向里看去，从我的角度也能看到里面是什么东西。

这个是——

这意味着什么？

这个保险箱是在安吾的房间里发现的。不管是从家具之一的圆椅子来看，还是从它藏在换气口里这一点来看，都让我觉得安吾是知道这个保险箱的。如果直白地猜测一下，这个保险箱里面的东西应该是安吾的所有物吧。

我在心里隐约地想象，这个保险箱里面会不会藏了什么贵重的物品。安吾得到了它，而灰色的袭击者为了抢夺它而袭击了我。

然而，我似乎猜错了。

保险箱里的东西是，**一支灰色的老式手枪**。

“为什么？”声音不由自主地从我的嘴里发出，“太宰，你刚才说这把枪是‘徽章’对吧，为了显示他们的身份。那这究竟是怎么回事？”

太宰没有立即回答我，只是眯起眼睛静静地凝视虚空。

“光看这些我无法做出判断。”太宰慎重地说道，“说不定这把枪是安吾从他们手里抢过来的，又说不定是他们潜入安吾家中，为了陷害某人拿枪当伪证放在了那里，还说不定这并不是枪，只是某种符号，再说不定——”

“我明白了，你说的对。”我打断了太宰的话，“现在情报还不够，我会继续调查这把手枪的。耽误你时间了。”

“织田作。”

太宰似乎想对我说什么，但我还是打断了他的话头。

“谢谢你来帮我，但是这件事应该由我继续调查，如果得到了新的情报，我会告诉你的。”

太宰沉默地看着我，他的眼中浮现了不满的神色。

我移开了视线，心中萌生一种不祥的预感。仿佛如果对这件事追究太深，总有一天我会被乌黑沉重的液体没顶，溺死在其中。

“那我就告诉你我发现的一件事吧。”太宰僵着一张脸说道，“昨天——我们在酒馆喝酒的时候，安吾不是说他刚做完生意回来吗？”

“是的。”

我记得安吾说他去东京出差，收购了一个走私品，是中世的古董钟表，然后就回来了。

“那个大概是骗我们的。”

——什么？

“你看到安吾的包了吧。里面有香烟、折叠伞和那个战利品古董钟表的包裹。折叠伞用过，已经湿了，被擦拭布包着。而他出差的东京当天下雨了。”

“有什么不对的吗？”我问道，“下了雨，打湿了伞，我觉得这很自然。”

“如果安吾说的是真话，那把伞应该没被使用过才对啊。”太宰眯着眼睛说道。我从他的表情中观察不到任何情绪。“安吾应该是开着自己的车去交易地点的，那么那把伞是什么时候使用的？肯定不会是交易之前，因为伞放在包裹的上面。在交易之后也没有使用。”

“为什么？”

“看那把伞打湿的程度，不像只使用了两三分钟，应该足足被雨淋了半个小时。可是在雨中待了这么久，安吾的鞋和裤角却是干的。交易的时间是八点，我们见面的时间是十一点，如果是在交易后这三个小时内使用的，他身上不会干得这么快。”

“说不定他带了换洗衣物。”

“他的包里没有换下来的裤子和鞋，而且也没有那个容量。”

或者他先回房间了一趟，换完衣服后再来的——我本想这么说，却打消了念头。如果他真这么做了，应该会把贵重的交易品也放在那里再来酒馆的。

“他在交易之前没有用伞，在交易之后也没有用伞，并且——在交易之中也没有用伞哦，因为包裹里那个交易品的包装纸并没有湿嘛。而且中世的古董钟表是严禁遇水的，交易应该是在雨淋不到的室内进行才对。”

我想了想太宰所说的话，的确很符合逻辑。那把伞为什么会湿成那个样子，单以安吾的话是无法解释的。

“那么，真相是？”

“按照我的推测，那个古董钟表并不是交易品。打从一开始就是安吾自己的东西。东西之所以在包里，是因为他去出差的时候就已经把它放进包里了。然后他没有去交易，而是在雨中跟某个人见面，聊了半个小时，再打发掉剩下的时间回到这里。”

“你为什么会觉得他跟某个人见面了呢？”

“安吾他们这些情报员，经常会把密会的地点定为下雨天的大马路上。在伞下讲话的话，就可以挡住脸，既不会被别人察觉，也不会被监控器拍下来。就算有人偷听或窃听，也会因为下雨的声音听不清楚。这种地方比车里和室内更适合密谈。”

我已经基本上明白了太宰在说些什么，以及他的话里包含的意思是什么。但是，为了找出某些乐观的希望，我不得不反问他。

“可能安吾的确是说谎了，但是，他毕竟是处理Mafia秘密情报的情报员，总会有一两个不可告人的密会吧，也用不着指责……”

“那他只要说一句‘不能告诉你们’不就行了。这样一来不管是我还是你，都不会再继续追问他的工作内容。你说是吧？”

“……”

他说的的确有道理。

“可是安吾对我们撒谎，说他去做交易了，还特意把用来当作不在场证明的古董钟表带了出来，他为什么要向我们隐瞒密会的事，甚至不惜伪装到这种地步？”

——是不是因为他已经预料到会出现如今的这个状况了?

太宰冷漠的双眼这样诉说着。

——交易什么时候结束的?

我回想起在酒馆看到安吾那个纸包时，太宰突兀的提问。现在想想，肯定是因为太宰只看了那么一眼，就已经做出了刚才的推理，为了确认才提出了这样的问题。

——安吾。MIMIC。袭击。

有某个陌生的东西正在渐渐涌起。

“织田作，你要小心。现在的局势就像你杯子里的水，已经上涨到了杯口，马上就要溢出来了。”太宰说道，“只要再往里投入一个新情况，水就会从杯子里溅出来，变成让你无法独自处理的局势。这里就交给我们收拾吧，安吾那边拜托你了。”

“嗯。”

我和太宰交换了一个视线，然后抬腿要向小巷深处跑去。

就在这个时候，我突然发现了一件事——

袭击者正从地上爬起。

“太宰！”

我的叫喊声，与袭击者举起手枪的动作几乎同时发出。

“不许动……”袭击者用含混不清的声音说道。

我或太宰的部下们都无法对袭击者开枪，他离太宰实在太近了，而且他的枪口已经对准了太宰。

袭击者用右手举着枪，左手似乎动弹不得地垂在身体一侧，看上去他连用自己的力量站立都做不到，将一半的体重都压在了墙上。即便如此，太宰还是在他的射程范围内，我们不能轻举妄动。

“哎呀。”太宰看着那把手枪的目光好像看到了什么稀罕玩意儿一样，“挨了那么多枪居然还能站起来，你的意志力真是让人吃惊呢。”

两名袭击者之中，另一名已经气绝身亡了，而这个人看来是鼓起了最后一丝力气，选择与太宰同归于尽。

“太宰，你别动，我来想办法。”

我的手慢慢伸向手枪。

只要有一瞬的时间，这名灰色的袭击者就会对太宰开枪。由于他的枪口完全对着太宰，哪怕我一枪击穿了他的心脏，说不定在那冲击之下老式手枪的扳机也会被扣动。时机就是一切。我不想把赌注押在这里，但是没有其他地方可押了。

“你们的组织名叫‘MIMIC’，对吧？”太宰对袭击者说道。

袭击者没有回答，表情也纹丝未变。

“我没期望你会回答。说实话，我对你们感到很敬畏啊，还从来没有哪个组织敢这样正面与Mafia作对。而且，也没有哪个人能成功地在我的面前，用这种杀气腾腾的枪口指着我。”

太宰向着袭击者，迈出了步伐。仿佛在自家的庭院里散步一样。

“太宰，不要。”我压抑着声音说道。

“我希望你也能看到我眼里的感激哦。”太宰继续对持枪袭击者说道，“你只要稍微弯一弯手指，我就能等来自己盼望已久的东西。我唯一害怕的就是你失了准头。”

太宰微笑着，向袭击者走去。他与枪口之间的距离已经不足三米。

“你应该瞄准心脏或者头，我建议你选头。机会只有一次，我的同事们可不会仁慈到允许你开第二枪。”太宰用手指敲了敲自己的额头，眉间正上方的位置。“但是你肯定能做到的，你不是狙击手吗？你的脸颊上有举着狙击枪留下的印迹。你不是观察员。”

的确，袭击者的左颊上有一道长时间盯着狙击枪照准形成的斜印。如果是使用望远镜的观察员，是不会有这种印迹的。

袭击者用颤抖的手指举着枪。正如太宰所说，他只能开一枪。如果没有能够百分百击毙太宰的自信，他无法开枪。

而太宰，正带着一脸欢迎的表情走近袭击者。

“来吧，开枪吧，冲这里。这个距离肯定没问题。”太宰笑容满面，“不管开不开枪，你都会被解决掉，还不如在最后一刻朝敌对方的‘干部’来一发。”

“太宰！”我大叫一声。我有一种错觉，仿佛太宰在离我千万米之外的地方。

“拜托了，把我一起带走吧。让我从这个生锈的世界的梦中醒过来吧。快点，快点，快点。”

太宰指着自己的额头，带着甚至能让人感觉到平静的笑容走过去。

袭击者咬住下唇，手指开始用力。

——到极限了！

我与袭击者几乎在同一时间开了枪。

小巷里亮起两道闪光。

被射中手臂的袭击者因冲击而翻转了过去。

在极近距离被射中额头的太宰剧烈地向后仰去。

仿佛青白闪电般的一瞬。

永久的刹那。

然后，时间的齿轮再次转动。

太宰的部下们冲翻转过去的袭击者一起开了枪。袭击者就像一块被瀑布拍打的破布一般飞了起来，命丧当场。

向后仰去的太宰后退了两三步，然后一下子停住了。

“……真可惜啊。”太宰保持着后仰的姿势说道，“又没成功。”

太宰抬起了头，他的脑袋一侧和右耳稍上方的皮肤被擦破，正在流血。

子弹微偏了。

我看向太宰，发现他身上有某种看不到的东西。可以被称为是精神伏魔殿的某种东西，用肉眼完全无法看到，却势要毁灭一切的某种东西。

“抱歉啊，吓到你了。”太宰注意到我的目光，边用手指碰了碰侧面的伤口边笑道：“我演技很逼真吧？我早就知道他会打偏的，从一开始就知道。他那道狙击枪的印迹是在左脸上吧？这表示他都是把狙击枪架在左侧的，也就是说，他是个左撇子。但是他刚才是用右手持枪的。用平时不习惯的手，拿着那种老式的手枪，在连站都站不稳的情况下，只开一枪的话，除非用枪口顶着对方，否则肯定不会击中目标的啦。”

我什么也说不出来，只是一直凝视笑着解释的太宰。

“接下来我只需用谈话来拖延时间，等他的胳膊举到发酸。我慢慢靠近的话，他是不会开枪的。之后织田作就会采取行动，我都计算好了，很合理吧？”

“是啊。”

我只说了这两个字，不知道还能再说些什么。

如果我站在其他的立场上，和太宰建立起另一种不同的关系，或许我会当场揍他一拳。然而我就是我，什么都不能对他做。

我将手枪塞回枪套，背对太宰迈开步伐。

每当踏出一步，我都觉得地面会在下一刻崩塌，露出无底深渊，让我整个人都坠落下去。

当太宰用手指点着额头走近枪口的时候，脸上那种仿佛马上就要哭出来的孩童神情，深深地烙在了我的眼底。

二.

自那之后，下了雨，又停了。

太宰忙着到处收集MIMIC的情报，我则徘徊在街上寻找线索。虽然每时每刻都有一种重要的东西从双手中滑落的感觉，却看不到失去的是什么东西。越是重要的东西就越看不见，尤其是在失去的时候。

思索的时间变长了。

安吾为什么失踪？我现在已经不再怀疑，安吾与MIMIC之间存在着某种联系，但是我并不知道那是什么样的联系，也不清楚安吾假装出差实际是去做了什么。我就像是一个在既明亮又整洁的墓地中徘徊的青色僵尸一般，一边寻求着根本不存在的希望，一边继续在横滨街头彷徨。

我没有把这唯一的推测告诉任何人，因为没这个心情。太宰的脑中也应该有着同样的推测，但是他也不会告诉任何人的吧。

与MIMIC的出现几乎同一时间发生的失踪事件，仿佛要伪造不在场证明般说出的出差谎言，保险箱里的手枪，为了夺回这些而拼上性命的MIMIC狙击手。

坂口安吾是MIMIC的间谍。

这样想的话，一切就都说得通了。

MIMIC为了刺探Mafia的内部情况，收买了安吾。

我摇摇头，这不可能。如果是这样，那安吾就变成完美地欺骗了首领和太宰的间谍了，甚至能让政府谍报员都自愧不如。MIMIC不惜让这么优秀的间谍打入Mafia，究竟对Mafia这个组织抱持着什么样的期待呢？

“织田作，你脸色很难看啊，便秘吗？”

西餐店的店主对我说道。

“我在想事情，没有便秘。如果我现在便秘的话，就不会吃咖喱这种刺激性的食物了。”

我正坐在某家西餐店里吃咖喱饭。

“是吗，也对……你在吃咖喱的时候听到别人提起这样的话题，都不生气的吗？”

“这样的话题吗？”我答道，“应该生气吗？”

“这个……我也不清楚。”

“喂……”我板着脸说道。

“织田作，不要太勉强自己哦。”

我与西餐店的店主很熟。他大概五十岁，啤酒肚大到站着往下看都可能看不到自己脚尖，发量有些可怜，眼尾带着笑纹。经常穿着黄色的围裙，甚至让人觉得他会不会从出生就一直是这副打扮。

我每周会来这里吃三次咖喱。这是我的习惯。习惯是一种很奇妙的东西，如果几天不吃就会有种奇怪的口渴感，注意力无法集中。由于黑社会的工作性质，我见多了那些药物中毒的人，说不定他们每次都在感受着同样的感觉。

“咖喱味道如何？”

“跟平时一样。”

这家店的咖喱饭非常朴素。煮得熟烂的蔬菜和用大蒜炒过的牛筋，味道清淡的汤底。与调合比例不寻常的调味料放在一起煮，再盖上大份的白米饭。淋上鸡蛋和酱汁食用。

吃饱之后，我一边感受着属于个人的微小幸福感在脚下飘荡，一边喝着咖啡，然后问道：

“孩子们怎么样了？”

“跟平时一样啊。”店主用布擦拭着餐盘，回答道，“一个小帮派。现在才五个人还算好，要是再多五个搞不好都能去袭击国际联合银行了。他们都在二楼，你去看看吧。”

我按照他说的上了二楼。西餐店的楼上是旧会议室改装的居住空间。通往楼上的楼梯被已经露出钢筋的混凝土墙壁和遍布斑污的墙纸包围着，刚走上去就能看到连接孩子们的卧室和书房的两道门。我穿过卧室的那道门。

“嗨，大家还好吗？”我向孩子们打了个招呼。

孩子们都在全神贯注地使用各自的时间财产。有的在看图画书，有的在画画，有的对着墙壁投掷拳头大的软球，有的在用粗绳翻花绳。最小的是四岁的女孩，最大的是九岁的男孩，大家谁也没有抬头。

“有没有给老板添麻烦呀？老板以前可是个非常厉害的军人，只要他愿意，就可以瞬间把你们五个成天抱怨的家伙给——”

玩笑开到一半，我突然发现，原本应该有五个孩子的，面前却只有四个。我感到在右手边的双层床上，有什么东西在动。

我突然弯腰矮下身子。

一道敏捷的人影从床上的黑暗中蹿了出来，是第五个男孩。我把头低下，闪过了向我扑来的人影。

然而他的袭击只不过是陷阱。见我失去平衡，正在画画的女孩便扑向了我的右腿，他们从一开始就计算好了要这样做。我失去了一条腿的自由。为了应付接下来的真格攻击，我迈开了另一条腿——然而没能迈开。刚才还用来翻花绳的粗绳子，早就埋伏在了我脚下的前进方向。陷阱。好几条的粗绳缠住了我的脚腕，我的身体失去了着地点，悬在半空。

我用右手抓住双层床试图避免自己摔倒，可就连这个举动也被他们预料到了。床的扶手处事先被涂上了蜡笔，导致我刚抓上扶手，右手就因为摩擦力打了个滑。

我双手撑在地上，想利用反作用力起身，但这几秒钟也不可避免地让我将毫无防备的后背留给了那个小帮派。他们不可能放过这个机会。

看情形我就知道，七岁的男孩和八岁的男孩要从背后扑过来，如果吃了这一击，接下来我就跟不得不走上死刑台的囚犯没两样了——我很清楚这一点。

我迅速地用手将旁边的软球挥开。软球击中墙壁弹了起来，正中正要扑过来的七岁男孩的脸。失去目标的男孩跌落在地，转为保护自己。

我强行甩了甩脚腕，挣脱了粗绳的陷阱，将体重交给左脚。缠在我右腿上的孩子因为我抬高右腿而发出了开心的尖叫声，随后落在地上。这时，剩下的那名八岁男孩已经扑到了我的背上，但凭他一个人想压倒我还是很困难的，我保持着男孩挂在后背上的状态站了起来。

一开始藏在床上的敏捷男孩——他就是领导这个小帮派的头目——即便看到部下们凄惨的败北，还是果敢地扑了上来。因为这是他自己率领的战略，无论败北的战局多明显，都不能就此撤退。

我正面接住了低空冲过来的男孩。这一招瞄准双腿试图打破对方平衡的攻击倒是很漂亮，但体重的差距实在太悬殊了。我抓着男孩的两腋将他举了起来，倒过来晃了晃。男孩发出了宿醉山羊般的叫声。

“认输了吗？”我问道。

“才不认输！”男孩叫道。

其他孩子们已经丧失了战意，开始观摩头目那份身为指挥官的矜持能够保持几分钟。

“那么我就采用Mafia的拷问方式吧。”我抓着男孩的两腋，狠狠地挠了起来。

“噗哈哈哈哈哈哈！不……啊哈哈哈哈哈哈！”

直到男孩同意投降条约为止，共计二分四十二秒。

× × ×

在那之后，我跟孩子们聊了一会儿。据他们说，在西餐店的生活基本可以打个及格分，但每三天换一个菜单，并且总是那些菜单来回循环让他们觉得极其反感，他们要求西餐店要么尽早改善，要么就让他们尽早得到进入厨房的许可。

“叔叔很和蔼，”最大的男孩说道，“但怎么说呢，他把我们都当成不懂事的小孩。我们明明都已经是大人了。是不是我们太早成人，那些大人会觉得很为难？”

“大概会吧。”我回答道。

“下次我们一定要打赢你。”听到孩子们的这番话，我回了一句“我会期待的”。这是实话。跟他们聊完，我便离开了二楼。

刚回到一楼的店铺，我就听到了新到客人的声音，还是一个熟悉的声音。

“好辣！好辣啊大叔，这个太辣了！你把熔岩当成佐料放进去了吗?!”

“哈哈哈是吗？织田作平时吃的都是这种哦。织田作，你回来啦，孩子们怎么样？”

“虽然有点危险，但是我这次也没有败北。”我回答道，“不过他们居然提前预测到了我会去抓的地方，并且在上面涂了蜡笔让我的手打滑，这倒让我吃了一惊。老板你说过，他们只要集结十个就能去抢银行了，但在我看来，再过两年，他们五个一样能去抢。”

“是不是应该把那些孩子挖过来呢。”太宰擦着汗笑道，“我听说了哦，织田作。你在养孩子？还是龙头斗争中失去双亲的孤儿。”

不管我怎么隐瞒，太宰只要花半天就能调查得一清二楚吧。

“是的。”我点了点头。

孩子们都是孤儿，如果我当时没有救他们，他们现在应该都已经死了。

两年前曾经引发过一场黑社会的大规模斗争，包括Mafia在内的许多组织都牵连其中，这场斗争被称为龙头斗争。因某个异能者的死亡导致五千亿日元的好处费失去了所属者，围绕这笔巨款，关东一带的黑社会展开了流血与杀戮的盛宴。最后，几乎所有的违法武装组织都遭受了近乎破灭的打击。

那场斗争我也参加了。当时，在街上走十分钟就会遇到一次袭击。在如此血腥的斗争中，出现了无数的牺牲者。

二楼里那些孩子就是因那场龙头斗争而失去家庭的孩子。

“坚决不动手杀人，明明身手了得却没有兴趣出人投地，还养了五个孩子的Mafia成员，织田作之助。”太宰笑道，“真是个怪人啊，Mafia里的头号怪人。”

只要有太宰在，我就不可能是“头号”吧。

我重新面向店主，从外套口袋里掏出一个带捆扎带的信封。“老板，这是孩子们现在的生活费。”

“你自己不要紧吧，织田作？”店主关心地问道，在围裙上擦干了手收下信封，“你赚的钱基本上全拿到这里来了吧。……方便的话我也帮你负担点吧。”

“老板肯借地方给他们住，我一直都很感谢。而且我还能随时吃到这家店的咖喱，这就足够了。”

“织田作，你真的每次都吃这么辣的吗？”太宰喝着水问，“辣得我下巴都要掉下来了。”

“话说回来，太宰，你在这里做什么？”我问道。

“我是来向你汇报那件事的。从那之后我知道了很多哦，尤其是关于敌人的情报。”

那件事……我能想到的只有一件。

“老板，不好意思，能请你回避一下吗？”

“好好，我去后面准备饭菜，要是有客人来的话叫我一声啊。”

店主似乎从我的表情中察觉到了一切，他脱下围裙，急忙打开

后门离开了。

太宰一直喝着杯子里的水，根本没怎么吃。我趁这个时候擅自进入厨房冲了咖啡，倒进杯子里喝着。

“啊啊太辣了。为什么咖喱饭要做这么辣？对人类有仇吗？要是咖喱稍微不那么辣，没准来吃的人会更多呢。这是对饮食文化的怠慢啊。”

我想了想，回答道：“如果吃的人再继续增加，其他食物就会没有人去吃了，饮食文化会崩溃的。”

“原来如此。”太宰仿佛心服口服似的点了点头。

“那么，你要汇报什么？”

“我从结果开始说吧，他们是国外的犯罪组织。”太宰一边向杯子里倒水，一边切入正题，“最近才流动到日本的。过去似乎在欧洲是个众所周知的异能犯罪组织哦。可是他们被英国古老的异能机构——‘时钟塔的从骑士’盯上了，结果在欧洲待不下去，这才狼狈不堪地逃到了日本。”

“欧洲的犯罪组织？”

欧洲是异能力者的发源地。无论是政府还是犯罪者，都有很多超一流的异能力者，构筑起极其精致又复杂的势力体系。然而相对的，异能力者的监视体制也非常严格，应该不能这么轻易地来到其他国家才对。

我这样问了一下，太宰歪着脖子回答道：

“的确，这个社会还没有宽容到可以让异能犯罪组织轻易地偷渡到本国来，应该有什么内情吧，说不定国内有他们的协助者。”

“那么，那些异能犯罪者特意跑到日本来，是想做什么？”

“不知道，这个问题得问他们本人才知道了。不过我有一个推测。他们孤身逃到了异国之地，在这里没有任何人和事能让他们依靠。用个不文雅的说法，他们首先需要做出点成绩。我在想，他们会不会想夺取Mafia的地盘和走私网，在这里开展新的事业呢？”

很有可能。萧条的犯罪组织追求的事物从来都是一样的，那就是钱，钱，钱。

然而，有一点让我很在意，我刚要开口，就听太宰说道：

“先等我说完。”仿佛预料到我在想什么一般，太宰制止了我，“我明白你要说什么。以一个单纯的没落犯罪者凑成的杂牌军而言，他们的作战熟练度实在太高了，你想不通这一点对吧？我也有这个想法。狙击手和观察员合作的作战方法，在这一带很难见到，而且他们本领十分高超。因为他们是没落的军人啊。据情报所说，组织的头目是个非常厉害的异能军人，通过自己的实力来率领历战的部下们。再过一会儿应该会知道更详细的情报。总之，最好还是不要小看他们。就算是Mafia，要是被那种训练有素的统一战术攻击了，也有可能出现岌岌可危的局面。”

“首领知道这件事吗？”

“我已经汇报了。”太宰无奈地回答道，“然后我就被任命为反

MIMIC的战略筹划人和前线指挥。我已经立即采取了一些措施，安排了几个陷阱，就是简单的捕鼠夹啦。大概不久之后战局就会有所变化了吧。”

MIMIC偷走武器，设计狙击，不可能摘下帽子说句“辛苦了”便打道回府。太宰说的不错，应该会有下一次的战局，而且规模会更大。

“我想问个根本性的问题，”我说道，“像MIMIC这样的异能犯罪组织，政府机关不会予以取缔吗？”

这个世界上拥有异能的人不在少数，我和太宰也是其中之一。虽然每个人的异能种类各有不同，但一部分的异能有着极强的杀伤能力。

所以政府为了在暗地里监视着危险的异能者，建立了专门机构，时时刻刻进行管理。而他们也是政府所属的异能者，实力自然有保证。

“内务省的‘异能特务科’啊。”太宰歪着头，“但是呢，异能特务科是秘密组织，很少会在公众场合露面。而且要说的话，我们Mafia也是不折不扣的异能犯罪集团，站在政府的角度上，会不会觉得Mafia和MIMIC是一丘之貉，巴不得我们打个两败俱伤呢。”

的确如太宰所说，要是异能特务科想疯狂地消灭异能犯罪者，必定第一个拿Mafia开刀。

我曾经听安吾说过，异能特务课这个政府机构拥有极其厉害的异能者，执行行动却主要是少数几名精锐。如果和港口Mafia这种大组织展开正面战争，很难毫发无伤地取得胜利，而他们特务科也一定会遭受损害。因为不想出现这种局面，所以他们表面上监视着Mafia的活动，但一直在避免正面冲突。当然，只要我们对普通人的伤害不大，他们应该不会采取行动就是了。

我还有一个很难问出口的问题。

“关于安吾呢？”

太宰没有立即回答，只是不声不响地喝了口咖啡。看来这个问题对于他来说，是需要一点准备时间的。

“现在几乎已经确定了，武器仓库的密码是安吾泄露出去的。”太宰的视线落在咖啡杯上，声音很低沉。然后，他微微瞥了我一眼，仿佛在打探我的表情。

我什么也没说。

“为了避免组织内部的纠纷，所以上头给每个人分发的是不同的密码。然后——”

“MIMIC袭击仓库时使用的密码，与安吾的一致，是这样吧。”

我抱起了胳膊。拼图的空缺正在一块块被填补上。如果可以的话，我倒希望我根本没有看见过这幅展露在我面前的图案。

“我说，太宰。”我在太宰身边坐下，这一瞬我突然陷入了一种错觉，仿佛我们还像之前并排坐在酒馆里，跟安吾一起喝酒时那样，一切都没有改变过。“有没有可能是谁想陷害安吾，在背后动了什么手脚呢？”

“不是没有可能，而且这个可能性一直都有。”太宰答道，可他的声音显示出，连他自己都不相信自己所说的话，“如果Mafia内部有人和MIMIC勾结……但是，我想不出来这样做会让什么人从中得益。”

太宰摇了摇头，我跟他的意见相同。

现在我们能做的，只有尽快找到安吾，追问他究竟是怎么回事。可我们完全猜测不到，由此带来的结果是好是坏。

Mafia的情报员，坂口安吾。

为什么安吾会背叛组织？

在之前那场大战中的谍报战里，若想让敌方组织的一员背叛，金钱、异性、家人、自尊心、归属感，这些每个都是一堵障碍，如果能将它们全部攻略成功，对方必定会倒戈。那么安吾投身MIMIC的原因是什么呢？

我看向旁边的太宰，试图寻找答案。

太宰低着头沉思，他的表情——

太宰他——

“……呵呵呵。”

在笑。

“一开始我以为他们只是个普通的犯罪组织——但既然能让安吾都跟随他们，看来对方并不是那种戳一下就会哭着道歉的角色啊。

而且以敌人来说，安吾可不好对付，绝对不好对付。这怎么能让我不期待啊，他们一定会把我逼上绝路，然后——”

“太宰。”

听到我叫他，太宰停了下来，但我并没有什么后话想对他说，只是叫了他一声而已。

谁都不知道太宰的内心是什么样的。

在Mafia之中，没有人会窥探同事的内心，这是一条不成文的规定。谁也不会突然打开别人的胸盖，窥视心脏，仔细品评塞在里面的黑暗。这是Mafia这个组织让人欣赏的一点。

然而，这说不定是个错误。至少对于坐在我身边的这个男人来说。或许应该有人把太宰强行捆起来，打开他的胸盖，将吸尘器的吸入口捅进去。如果太宰不情愿地叫嚷，就用拳头让他闭嘴，把他内心那些扭曲的东西一个不落地拽到阳光底下，从头到尾全部踩碎。

可世上并没有这样的吸尘器，也没有这样的胸盖，也没有这样的人。一切都只能用眼睛来看，一切都只是从旁走过而已。

而人类能够做的，只有站在与他人之间的深深沟壑之前，保持沉默。

“那我差不多该走了。”说着，太宰站了起来。

“太宰。”

我冲着他的后背叫了一声，太宰回过头来。

我互相蹭着双手的手指，将视线落在空盘子和咖啡杯上，然后抬起头，说道：

“你之所以会这么想，难不成——”

说到这里，太宰的手机突然响了。

太宰轻轻跟我打了个招呼，然后将手机贴在耳边说了句“是我啊”。

他听了一会儿电话，忽然抿嘴一笑。回了对方一句“明白”便挂断了电话，然后对我说：

“夹到老鼠了。”

横滨租界没有昼夜的区别。

过去的进驻军居住区成了共同租界，但是还残留着巨大的海外领事影响。名义上租界的治安由日本军警和领事馆警察共同维持，但这里的法律区分极其模糊，因此存在着无数的灰色地带。很多军阀、财阀或犯罪者相中了法律的漏洞，如同扑火飞蛾般，从各个国家被吸引而来。

横滨租界实质上就是治外法权的“魔都”，就连军警都不能随便对它出手，这也是横滨成为异能犯罪的一大据点恶名远扬的原因之一。

在这座魔都的一隅，有一家Mafia经营的地下赌场。

赌场并不显眼，也不豪华，反而更偏向于朴素、低调，可以偷偷摸摸地藏在背阴处。至少外表上看是这样。因为有不得不这样做的原因——在这里进行的赌博全部都是非法的。

赌场在造船厂的地下，有几名Mafia负责看守。到那里去的客人都是一流的财界人、政治家、军将校等。穿着双排扣制服的门童为客人带路。在地下赌场里，枝形吊灯提供着照明，墙壁是大马士革锦缎的，地板是木块拼花的，上面还铺着长毛地毯。轮盘的台子，梅花杰克的牌桌，以及播放着禁酒令时期的爵士乐的投币式自动电唱机，仿佛沉默寡言的哨兵一般并排站在那里。人们单手持杯，轻松地散着钱财，愉快地聊着秘密话题。在设置于角落里的吧台，五十岁左右的酒保不声不响地制作着鸡尾酒。

变故陡生。

裹着灰布的士兵们悄无声息地从后门出现，举着冲锋枪一通乱射。壁材和枝形吊灯的碎片四处飞溅，撒在客人们的头上。

客人们仿佛被雷劈到的草食动物一般陷入了巨大的混乱。他们不分方向地抱头鼠窜，甚至互相踩踏对方的身体。这就是士兵们一开始的目的。

在混乱之中，赌场的庄家动作迅速地从隐蔽地点拔出了冲锋手枪。然而还没来得及举起，便被士兵们的镇压射击射穿胸口，倒在了地上。

五名士兵干脆利落地穿过赌场内部，闯入里面的经理室。他们迅速袭击了经理，然后剥下地板上的地毯。

地板上嵌着电子式的大型保险箱。一名士兵取出笔记，按照上面所写的号码输入电子密码。保险箱里面传来齿轮转动的沉重声音，随后，保险箱的门便打开了。

士兵们看向保险箱内部。

保险箱是空的。

士兵们露出了困惑的表情。

几乎同时，整栋建筑物便传来了电子警报声。门口的防火卷帘门伴随着沉重的声音降落下来。反应过来的士兵冲卷帘门开了枪，但子弹没能贯穿早已预料到会发生枪击战而配备的厚重卷帘门。

几秒钟之后，天花板上的灭火设备开始向室内喷洒液体。不管是士兵、庄家们或是没能逃掉的客人们，都被液体淋湿了身体。

洒下来的液体并不是透明的水，而是白色的，几乎在沾上衣服和地板的同时就蒸发了，气体飘在空中。而将其吸入的客人和工作人员们都开始剧烈地咳嗽起来。士兵们立即屏住了呼吸，然而已经晚了。

房间里的人一个接一个地倒下，几乎没有人能做出什么有用的举动。他们纷纷按着喉咙，蜷缩身体昏倒在地。其实散布整个赌场的是作用于呼吸系统的麻醉性气体，因此并没有致人死亡。

士兵中唯一能够正确理解现状的人冲自己的脑袋开了一枪，在墙壁上留下了他人生中最后的印迹。然而剩下的四个人没能在瞬间之内做出如此冷静的判断，他们都和客人们一起倒在了地上。

只有一点，他们与客人是不同的。

他们已经无法奢望得到轻松的死亡了。

× × ×

我造访了湾岸附近的一家小小的会计事务所。

那里是当初安吾还居于人下时工作的地方，就是他在成为情报员处理机密情报之前。谁都有过这样的时期。

我来到这家事务所，表明自己的来意。无论是守卫还是管理员，都笑眯眯地将我领进了室内。Mafia的内脏并不都是用钢铁、枪支或弹药构成的，像他们这样的人才同样很必要。

这里是负责将Mafia获得的钱财洗干净的会计设施。三年前，刚被Mafia招揽的安吾就以助手的身份在这里工作了一段时间。

我被带到一间没有窗户的暗室。藏在墙里的房间很昏暗，墙壁上满满地排列着书架，上面保管着Mafia的秘密资产、资金洗净的账簿，以及其他记录。中央摆着一张桌子。除此之外再无他物，只有从天花板垂下来的电灯泡在微微晃动。

管理员将我带到这间书库之后，用嘶哑的声音说道：

“那我就回去继续工作了。”

听他说到工作，我瞥了一眼隔壁房间，他的办公桌上堆满了将棋的书和小型盆栽。

“很感谢您。”我对管理员说，“本部现在似乎冒出了战争的苗头，请您姑且留心。”

“这里只有旧文件和几捆变不成现金的证券，敌人袭击这里只会让他们白忙活一场啊。”

管理员笑道。管理员是长年守护着Mafia会计的金库看守员。大概光凭感觉就能够猜到战争的火花会溅到什么地方吧。

“很不错的工作岗位。”我望了一眼房间，对打算离开的管理员说道，“我要不要申请换到这里来呢。”

管理员笑了，脸上随之露出皱纹，“说出这种话跑到这里来的年轻人，大多撑不到三天就跑掉了，因为实在太无聊了。”

我向管理员告别之后，重新看向书架。

这里有安吾的记录。原本会计师就是一丝不苟的群体，负责处理Mafia账目的人更是会被要求将工作上发生的事细致地记录下来。这是为了就算发生什么事，哪怕是遭到杀害，也可以让工作顺利地继续下去。

我翻开当时的责任会计师的工作日志。那名会计师在他们当中似乎也是数一数二的认真性格，光是一个月的记录就可以媲美长篇小说。真是黑社会中的一大抒情诗。

我坐在隐藏房间中央的桌前，展开文件。

从记录上来看，安吾曾是一种买卖情报的黑客。

过去的安吾非常有自信，与暴力团体联手，制定了盗取企业钱财的计划。他伪装成相关人士，打开了银行的出租保险箱，盗走股票换钱。那次的行动十分成功，安吾和同伴得到了很大一笔钱，然而那是一笔沾染了鲜血的钱。

那个出租保险箱和股票是属于Mafia的幌子公司，安吾他们的行为就等于是从Mafia怀里偷走了钱包。当然，安吾等人开始被猎犬追赶。那些黑夜的猎犬既不叫也不发出声音，只是拿着手枪在夜晚无穷无尽地追赶着他们。

在精神上一败涂地的暴力团伙怀疑有人告密，疑神疑鬼之下开始自相残杀，提前从这场逃亡剧中退了场。唯独安吾一人继续逃亡。他事先掌握了Mafia追踪部队的动向，钻了对方的空子，一门心思地在横滨逃亡着，足足逃了半年。

居然能让对横滨了如指掌的Mafia追踪部队一直追了半年，他的手段高明到连政府谍报员都会为之失色。估计他还会反过来掌握Mafia的情报网并加以利用，甚至偶尔放出假情报来混乱对手吧。

然而，他的命运总有一天会走到尽头。没有人能够永远逃离暗夜的追踪。当他在贫民街的地下水道被抓住时，安吾应该做好了死去的心理准备吧，可他被带到了首领的面前。首领并没有打算像捏碎灰尘一样灭了安吾，毕竟他拥有那么出众的情报操作手腕。从此，安吾开始了第二次人生。

——在黑暗世界中发迹的男人戏剧性的一步。光是看文件，我没有看到背后有MIMIC的影子。

这么说，安吾与MIMIC的接触是从那之后开始的了？

我继续翻阅文件，然后发现了一个让我在意的记述。

距今两年前，也就是安吾加入Mafia一年后，已经得到了组织信任的安吾前往欧洲出差。目的是为了与当地的赃车中介进行贸易谈判。可是两个月之后，安吾就失去了联络。原因不明。两个月后回来的安吾并没有什么特别的变化，他当时的解释是，与当地的组织之间发生了误会，一直被当成罪犯追赶。经过调查之后，的确发现欧洲上演了失窃车走私组织被一网打尽的剧目，港口Mafia由此下定结论，认为安吾大约是被牵连了，因此并没有继续追究。

然而，现在我才明白，安吾不可能花了两个月都解除不了那么一点误会，一直让自己处于逃亡之中。

在欧洲的这两个月，是谁也无法确认安吾行动的两个月。

配合现状来考虑的话，只能认为他在那个时间段与MIMIC产生了交流，并订立了某种契约。

也就是说——双重间谍的契约。

那个时候，MIMIC已经开始铺起了袭击港口Mafia的路线吗？

我合上文件，将自己投身于沉思默想。房间里很安静。外面的车辆行驶而过的声音，听上去仿佛远远的一层膜。

有什么不对劲，某些地方存在着异样感。

安吾加入Mafia，然后与MIMIC勾结，然后坐等两个组织发生冲突。实在太过中规中矩了，就像两台电脑在下棋一样。完全没有预料之外的举动，也没有让我们感到意外的要素。这反而让我觉得焦虑起来。

我环视房间，过去安吾就是在这里工作的。我想起一件事。

安吾当时和我待在同一个地方。他坐在椅子上，双肘支着桌子，一脸不悦，沉默地看着我。

这里是我和安吾第一次见面的地方。

那个时候的安吾十分傲慢，看上去百无聊赖，浑身都散发出不满，仿佛在说“我可不是待在这种边疆的凡夫俗子”。

我想起了他的目光。那个时候，安吾一开始说了什么？

我记得，安吾他——

× × ×

“能麻烦你们别再靠近我吗？很臭。”

安吾用手肘支着桌子，不悦地说道。

我和太宰什么也没说，只是站在了入口处。尴尬的沉默在会计事务所的暗室里蔓延开来。

我也从别人口中得知，那个青年就是名叫坂口安吾的新人。但是面对面见到真人还是第一次。

我与太宰对视了一眼。

我们身上的确有一股很难闻的恶臭，因为我们刚完成任务回来。那是混合着油、铁锈和鲜血的气味。而我的鼻子早已放弃了将情报传送给大脑的行为。

当时正处于龙头斗争的期间。每晚街上都会响起斗争的枪声，每一条下水道都混夹着人血，每个地方都有可能出现黑社会成员的身影。军警那边别说是阻止斗争了，就连调查战斗现场的人手都不够。

我和太宰接到上头的命令，负责处理在战斗中死去的港口Mafia成员的后事。我要拍下遗体的照片，带回他们的随身物品。如果让东西落入警察手里，会被当成组织犯罪防止法的证据，事后会很麻烦。

话虽如此，这在斗争的白热化期间并不是什么疯狂的工作，而且枪战的现场是横滨租界的废弃物投放地。在那个几乎算得上是违法丢弃污泥和工业废油的地方，别说警察了，就连附近的居民都不会靠近。

因此，我和太宰才弄得一身泥一身油。沾染上的气味薰得连一公里外的野猫都会逃掉。

“臭得我想马上把鼻子割下来。”在执行任务时，太宰曾皱着眉说道。

安吾瞥了我们一眼，语气粗鲁地说道：

“把他们的随身物品放在桌子上，然后退下，我不问你们的话就请不要说话。”

我们从善如流。

“你是新人吧？”太宰开口道，“不好意思，能不能把浴室借我们一下？正如你所说，我们现在真的非常臭——”

“我刚才说过了，不要说话。”

安吾打断了太宰的话，太宰张着嘴不吭声了。被掐断的话头消散在了空中。

不管看上去再怎么像少年，当时的太宰也已经是下届“干部”的最有力候补人选了。虽说他是会计事务所的新人，也不能用嫌恶的语气让这种身份的人闭嘴。

安吾从我们交上去的袋子中掏出收集品，一个一个地检查。身份证、钥匙、手机、匕首和手枪。他对照着拍下来的照片，一一记录在账簿上。

我当时并不知道安吾在做些什么，还以为确认了死者的姓名之后，证据肯定就会被烧毁废弃的。但这个新人在一一检查并记录在册，究竟是在做什么？

“你这是在做什么？”我好奇地问道。

“我说了，请保持安静。”安吾一边在文件上书写一边答道，“看了还不明白吗？我在记录啊，这还用问。”

“原来如此。”我道。

“你叫什么名字！”

突然，身边的太宰毫无预兆地大叫一声，我吓得一跳。

安吾从文件中抬起头，只把目光转到了太宰身上。他沉默了一会儿，说道：

“坂口……安吾，怎么？”

“呵呵呵呵呵呵呵呵……”

不知为何，太宰笑容满面地笑了起来。

“……你怎么笑得这么恶心？”

“安吾君，你这个人可真有意思啊。就算你把它们都记下来，也只会让首领感到厌烦，只会浪费费时间和金钱，并且也不会关系到你的评价哦。”

“你是说，你明白我在做什么？”安吾有些意外地说道。

“你正在制作死者的人生记录。没错吧？”

安吾毫无防备地被太宰的话戳中了心思，他看向太宰，仿佛这才看见他站在那里一般。

“你什么时候偷看到我的记录簿的？”

“我没看到哦。这还用看吗？明摆着的。”

虽然我完全不明白这哪里是明摆着的了——但只要跟太宰在一起，这种情况是家常便饭，于是我选择默默地观察事态发展。

太宰没有问安吾的意见就冒昧地走向了他，“这场斗争越是激化，死者就越趋向于单纯的数字。昨天死了多少人，今天死了多少人。他们会渐渐变得等同于对金钱和备用品造成的损害。没有个性，没有灵魂，也没有死后的尊严。而你正试图反抗这一点。你能不能大声地读一段给我听听呢？”

安吾不耐烦地盯了太宰一会儿，最后还是将视线落在文件上，念出声来：

“昨晚在废弃场附近发生的‘干部袭击’事件中，我方死者有四名。分别是梅木红人，三枝昭吉，石毛巳六，歌川一马。梅木原是军警，因被诬陷杀害同事而遭到除名，随后加入了Mafia。擅长作战指挥，一直率领该小组。双亲均已过世，虽有一名年纪相差甚远的弟弟，但无法取得联络。梅木当初究竟有没有杀害同事，已经没有人能够知道了。接下来是三枝。他继承了前Mafia成员父亲的事业，从幼时起便出入Mafia。擅长整顿纠纷，其管辖范围内的商店也对他有很好的口碑。曾说自己的梦想是成为‘干部’。——接着是石毛。她原本出身于秦楼楚馆，一直赡养着体弱多病的双亲。视力不佳但耳力极好，得以第一时间听到了敌袭的动响。袭击没有导致我方全军覆没，她算是有很大的功劳吧。——最后是歌川，他原本是敌对组织的杀手，因组织被灭而加入了Mafia的旗下。有妻有子，家人既不知道他是杀手，也不知道他加入了Mafia。今后应该也不会知道吧。”

随着他的声音，我完全可以想象到那四个人的经历。四人形象跃然出现在我的眼前——倒还不至于，但我能够近距离地感受到他们曾存在过。而他们现在都已经死了。

安吾合上文件，说道：

“他们都得到了宁静，谁也无法从他们手中将那份宁静夺走。这本文件中整理的情报是他们生命的痕迹，呼吸的节奏，这些在只写了‘四人死亡’的报告书里是绝对不会记录的。我在工作空闲的时间里开始收集这种情报，自斗争发生以来，港口Mafia的死者共计八十四名，我全部都有所记录。”

我目瞪口呆。

因为不难想象，那会是多么庞大的工作量。

“你那个工作——就是收集并记录没有任何战略价值的情报，首领知道吗？”

“知道。每周我会把文件整理好强行塞给首领。一开始他觉得很麻烦，所以十分不情愿，但现在反倒觉得这是‘得知组织全体实情的贵重情报源’，看得很开心。”

也就是说，原本是在工作空闲的时候开始的情报收集，现在则在首领的指示下变成本职工作。难怪首领会亲自下达指令，大材小用地让身为“干部”候补的太宰处理这种寻找成员遗体的工作了。

“我说，织田作。很有趣吧？”太宰大大咧咧地拍了拍安吾的后背，“一般哪里有这样的Mafia啊，简直是浪费才能。”

“我说了请不要靠近我，臭味会沾到我身上的。”安吾皱紧了眉。

“织田作也这么认为吧？你想不想看看这些文件？”

我点点头，说道：“按要价买下吧。”

“鬼才肯卖！你们到底要干什么啊，一个劲儿地妨碍我工作，我可是很忙的！还有臭死了！一股腐烂的佃煮味道！”**（注：佃煮是一种将小鱼和贝类的肉、海藻等海味中加入酱油、调味酱、糖等调料，一起炖煮而成的食物。）**

“咦？腐烂的佃煮不是也挺好的嘛。而且哦，腐烂的佃煮和日本酒可是很般配的。”

“是吗？我都不知道。”

“怎么可能是真的啊！请不要光明正大地说谎！”

“呃，那个……其，其实，我觉得腐烂的佃煮……还挺好吃的哦。”

“我不是叫你羞答答地说谎！”

“一谈到这个我就想喝酒了。”

“好呀，那就去平时去的那家店。我们把这个实习会计也一起带过去吧，可以吧？”

“嗯。”

“都说了我很忙——”

“织田作，我有一个可以把他从忙碌中解放出来的方法。我们从两侧狠狠地把他抱住，让臭味污泥和脏油全沾在他身上，他今天就没法再做物理性的工作了！”

“原来如此。”

“你，你在说什么！想威胁我吗！”

“新人君,Mafia是不会威胁别人的，只会行凶而已。啊，织田作去右边吧。”

“明白。”

“慢着……这是我唯一一件拿得出手的衣服，住手……我要生气了……呜哇啊啊啊！”

之后，安吾、太宰和我便聚集到了酒馆，聊起了天。

我们基本上不存在工作上的上下级关系。只是一起喝酒，一起聊天而已。聊街上的事、酒的事、所见之人的事。我们之间并没有什么可以热情交谈的特殊共同话题，但是可以拿出来聊的各种微不足道的小事却从来没有断过。就像在沙漠的战场上碰巧遇到，围着火堆坐下来的士兵一样，我们悄悄地带着一些小料互相靠近，悄悄地对酌，彼此共享这短暂又琐碎的时间。

既然生存在这样的世界里，这种关系就显得极为稀罕，仿佛密林中的黄金宫殿。如果这种关系一旦崩溃，就再也不会与其他人建立起同样的关系了吧。

然而——

老式手枪。保险箱的密码。

我们的关系正以肉眼可见的速度一点点崩溃。

× × ×

太宰走在楼梯上。

这段楼梯通往昏暗的地下。

白雾从地下石壁的缝隙中无声无息地钻进来，让地下室仿佛湖中一样升腾起朦胧的白烟。石壁沾上了湿气变成黑色，又因为吸收了无数的惨叫与绝望而暗淡地发着光。

这里是Mafia的地下收监所。很多人活着进来，很少人活着出去。

被带到这里来的人很多，原因各有不同。有因为这里刑讯工具齐全的，或是几乎没可能被同伴救出去的，也有因为这里的事后处理会比在地面上多少轻松一点的。

太宰沉默地穿过地下室，走向里面的特殊收监房。

特殊收监房是一个三十多平米的方形房间。低矮的铁门是唯一的出入口，甚至连采光的窗子都没有。墙壁上垂挂着一套让人联想到中世监狱的手铐和锁链。

收监房中央有三个人，看样子刚断气不久。只有血液还缓缓地在地板上爬行，在失去主人的此刻，仍然为了逃出这阴郁的房间而做着无益的尝试。

死者是MIMIC的士兵。

他们在赌场因麻醉气体而受捕，随即被带到这里接受Mafia的拷问。

“我想要个解释呢。”太宰说道。

收监房里还有四名Mafia。三名是太宰的部下，曾跟着太宰曾在小巷里一同追击狙击手，另外一名是个矮个子的瘦弱少年，穿着一件黑外套。

“袭击Mafia旗下赌场的MIMIC尖兵中了麻醉性气体，被我们抓住带到了这里。”一名身穿西装的部下推了推墨镜回答道：“我们本想在这里拷问他们，让他们吐出同伴的情报，还取出了他们藏在槽牙里用来自杀的毒药。”

“你说的这些我都知道，因为都是我设计的嘛。我想问的是后面的事。”

“其中一名士兵醒得比我们想的要早。”带墨镜的部下含混不清地答道，“在我们给他们上手铐之前。那名士兵抢走了我们的枪，为了不让其他士兵说出多余的话而射杀了他们，然后又过来袭击我们。他——”

“他被我裁决了。”

黑外套少年接过话头说完了后半句。

太宰看向他。

黑外套少年面向太宰，大大的眼睛锐利地回看他。

“有什么问题吗？”

“原来是这样啊。不，没什么问题啦。”太宰目不转睛地盯着黑外套少年说道，“也就是说，你打倒了不屈不挠的可怕敌人，保护了同伴呢，芥川君。真是做得太棒了。”

太宰慢慢地走向被叫作芥川的黑外套少年。

“如果没有你的异能力，不可能一下就击倒那种强敌。不愧是我的部下。托你的福，我们抓到的三名士兵全部丢了小命，那可是我们设下陷阱辛辛苦苦活捉的士兵呢，这下子线索全断了。哪怕有一个人活下来，说不定就能问出很多重要的情报，比如敌人的大本营、敌人的目的、下一个目标、指挥官的名字和身份，还有指挥官的异能力。你做得真是太好了。”

“就算没有情报——我也会把他们全部四分五裂。”

太宰听他说完，突然一拳击向芥川的脸。

芥川被打飞了，脑袋磕在石地上，发出了沉重的声音。

“你一定是以为我在找你要借口吧。让你误会了真是不好意思。”太宰一边揉着刚打过人的拳头关节，一边说道。

“唔……”

芥川发出了呻吟声，因为头部受到了重重的一击，全身都在打晃，站不起来。

“你，把枪给我。”

太宰冲一名黑西装部下说道。部下无措地将枪交给了他。

太宰从自动手枪的弹匣中取出子弹，又放回去三枚，再将弹匣重新装填回手枪。

然后，他用枪口指住了倒在地上的芥川。

“我有一个朋友,他独自抚养孤儿。”太宰举着枪说道,“芥川君,如果当初在贫民街把快饿死的你捡回来的人是织田作,他肯定不会抛弃你,肯定会有耐心地教导你的。那才是‘正道’。而我呢,是被‘正道’厌恶的男人。像我这样的人啊,对于不中用的部下就要这样。”

他话音刚落,就毫不留情地扣动了扳机。

三发枪响。三发闪光。三发空弹壳滚落在地上,溅起清脆的声音。

“……”

汗水从芥川的额头流下。

“哦?你要是想做的话还是挺能干的嘛。”

子弹在千钧一发之际,静止在了芥川的面前。

是芥川用异能让它们停住的。

可是,被异能保护着的芥川表情没有丝毫放松。

“我教过你好多次了吧。”太宰愉悦地说道,“你的力量并不是只能把可怜的俘虏撕碎,还可以像这样用在防御上。”

芥川的异能“罗生门”的能力,是操纵黑外套成为独立的生命体,使其变化成刀剑或是利牙,从而将敌人撕碎。太宰曾经考虑过,从理论上来讲,他也可以用利刃切碎空间本身,制作断层,用以阻止射来的子弹。

“之前……我从来没有成功防御过。”芥川用毫无生气的嘶哑声音说道。制造出空间的断层,令他基本上耗光了精神力了。

“但是你刚才成功了。真是可喜可贺啊。”

芥川的眉头僵住了，脸上写满了情感即将喷涌而出的危险紧张感。

“要是你下次再失败，我就先揍你两拳再开五枪，听清楚了吗？”

太宰的声音冷冽如冰。芥川似乎要辩解什么，却在太宰眯起的视线压力之下保持了沉默。

“好了，教育不成材的部下就到此为止吧，我们重新开始工作。调查一下这些士兵，说不定能发现什么。”

太宰向一旁待命的三名部下下了指示。一名部下不知如何是好地问道：

“请问……要调查他们的什么呢？”

“全部都要啊！这还用问吗？”太宰无奈地说道，“争取找出他们基地的痕迹。鞋底、口袋里的碎屑、食物的残渣、衣服上粘的东西，这些都是线索。受不了……我们这边的部下都以为Mafia的工作就是把敌人折磨死。再这样下去，事情就要被织田作一个人全部解决掉了。”

“织田作之助……那个男人我也认识。”戴墨镜的部下小心翼翼地道，“恕我直言，太宰先生……我前几天正好看到那个男人在事务所的后面做清扫工作，他的身份看上去并不配当您的朋友，也不像能和这次的敌人交锋的样子。”

太宰一愣，看向部下。

“你认真的吗？你说我和织田作不配？”太宰似乎真的很吃惊。

“是的……”

其他部下也都在点头。

“你们可真够蠢的啊！”太宰实在无奈极了，脸上露出了笑容，“听着，为了你们好，我给你们一个忠告，最好别惹怒织田作哦。我没有开玩笑。要是织田作真的动怒，这房间里的五个人，全部都会在拔枪之前就被他摆平的。”

部下们张口结舌，芥川也一脸僵硬地看着太宰。

“认真起来的织田作比任何一个Mafia都要可怕。芥川君，像你这种人再过一百年也赢不了他哦。”

“……不可能。”芥川用压抑的声音低声道，“这不可能。太宰先生，你把我看得……”

太宰无视了他的话。

“好了，来工作吧！虽然敌人也很麻烦，但要是我们不快点把斗争解决掉，异能特务科就要出来灭火了，到时候会更麻烦的。”

芥川用手撑着石板地，一直瞪视着太宰。

“……”

那憎恶的目光既是针对太宰的，也是针对自己的。

✕　✕　✕

我离开了会计事务所。

我一直在思考安吾的事，那个男人在这座城市的某个地方，正渐渐被邪恶侵蚀。

或者，说不定邪恶的是我们Mafia，安吾和MIMIC是给我们定罪的正义的伙伴。我甚至觉得这样的假设反倒有几分合乎道理。或许，不管是我、太宰还是首领，所有人都应该背负着罪孽在孤独与悔悟中走向死亡。说不定这样才能证明这个世界是正确的。

我一边胡思乱想着，一边离开了会计事务所，然后便接到了太宰发来的联络。

“嗨，织田作。我就直说了，我有线索了，你现在能到我说的地方来吗？”

据太宰所说，敌方组织MIMIC的士兵的鞋子上，似乎粘着几片某种阔叶树的枯叶。

那种阔叶树是多年生植物，这个时节不会有落叶。虽说只有树木本身枯萎的时候才会出现枯叶，但多年生植物是不会轻易枯萎的。

我所能想到的可能性只有——除草剂导致的人为性枯萎。因此，太宰的部下在这几个月里都在寻找聘请了专业人员用除草剂清除树木的案例。

最终，他们在横滨近郊找到了唯一一家曾去除过那种阔叶树的工作人员。

因为汽车隧道的扩张工程导致那一片区域要进行整改，那名工作人员便对道路两侧生长的阔叶树施行了人工枯萎。地点位于山中，附近没有显眼的设施。

在那周围只有一个十多年前废弃的气象观测所。因为没有人靠近，已经变成了腐朽的废墟。

既广阔，又蔽人耳目，还可以搬进物资。对于在国内没有可去之处的MIMIC来说，这种地方当作据点再适合不过。

现在已经是黄昏时分了，我开着车穿过公路，前往目的地。地平线附近的天空中展开了紫色与橙色的斗争，不知什么地方传来海鸟的叫声。

进入山路之后，脚下全是掺杂着沙粒的未铺修道路，我在中途下了车，然后徒步前行。刚拨开杂草繁茂的人行道，被夕阳染红的钢筋建筑物就扑入了我的眼帘。

那是一栋三层左右的废墟。原本应该是白色的外墙上爬满了常春藤，在雨水、海风和时间的共同侵蚀下，涂料已经差不多都剥落了。建筑物的中心部有一座查看天空情况的观测塔，球形的望远室仿佛装饰品一般紧挨在顶端上。

土壤和树木吸收了周围的声音，让那里寂静得仿佛宇宙一般，感觉上并不像有很多人埋伏在那里。

我稍微想了想，决定在太宰的部下们到来之前调查一下这座废弃大楼，因为我有一种预感。

如果我的猜测是正确的，这里会发现有关安吾的情报。

而那个情报，应该不能让其他Mafia成员看到。

我拨开杂草，进入建筑物。一楼什么也没有，只有被掀开的地砖、被扔在一边任其生锈的钢管椅以及甲虫的尸体。窗户被钉上了木板，夕阳透过木板的缝隙斜斜地射入室内，让空中的尘埃闪闪发光。

铺满尘土与砂砾的地板上有几个脚印。是军靴。看起来最近有几个人出入过这里。

通往二楼的楼梯腐朽得就快塌毁了，我一踏上去，建筑物里的某个地方就传来了微弱的声音。虽然声音小得就像小猫睡觉时翻身的动静一样，却也足够让我灵光一闪。

我赶紧大步跑上了楼梯。二楼没有人影。三楼也没有。跟我想的一样。

我继续顺着楼梯跑上去，登上通向望远室的观测塔。

楼梯尽头前方的小房间里，有一个人。

那个人一看到我就叫了出来：

“织田作先生！不能过来！”

我没有理会他的叫喊，跑向他。

那个人——安吾被反绑住身体，正挣扎着想解开双手。然而绳子非常牢固，纹丝未动。我绕到安吾的背后，试图帮他解开绳子。

“你为什么要来！这里可是敌人的主要根据地啊！”

“因为我感到你在求救。”我着手开始解绳结，真够难解的。

“我才没有求救！”

“是吗？”我使劲用手指抠着绳结，用上了堪比老虎钳的力道，绳结微微松动了一点点。

“我们来推测一个让你感到为难的原因吧。你的间谍身份被MIMIC揭穿了，对吧？”

“……这……”安吾语塞了。

“Mafia里的人都认为你是MIMIC派来潜入Mafia内部的间谍。其实正相反。坂口安吾事实上是潜入MIMIC内部的Mafia这一派的间谍。”

安吾不由得睁大了眼睛看向我。

“MIMIC之所以用狙击照准器盯着安吾的房间，是为了不让房间里的那把老式手枪被抢走。可他们为什么不直截了当地狙击Mafia的首领呢？原因很简单，因为你对MIMIC撒了谎，说你‘不知道Mafia首领的所在地’。你为什么要这么做？因为你对Mafia说了什么，没说什么，这些全部都是由我们的首领早就决定好的。”

安吾紧紧地闭上了眼睛。他咬紧了牙关，仿佛是在忍耐着从内部涌起的某种感情。片刻后，他睁开眼睛，说道：

“织田作先生，请快点逃吧。我失败了。”安吾抬起下巴比向上面的楼层，“楼上被安置了定时炸弹。他们打算把我这个叛徒炸死，烧得渣都不剩。”

“看吧，你这不就是在求救嘛。”我放弃了绳结，掏出手枪，“你尽量离椅子远一点。”

我瞄准绳结，连开两枪。整张椅子都颤动了两下，然后绳子便弹开了。

“我们走。离爆炸还有多久？”

“这里随时都有可能被炸飞！”

我用肩膀架着安吾，二人一起跑下楼梯。安吾在被绑在椅子上之前，似乎吃了点苦头。他按着自己的侧腹，脚步也十分不稳。即便如此，我们还是用坠落一般的速度飞快地从楼梯上跑了下来。

炸弹爆炸的时候，我们几乎马上就要离开那栋建筑物了。

首先袭来的是冲击。

接着热风便呼啸而来。

我们向前方扑去——或者说是被吹飞的——跳入杂草丛中。肺里的空气已经被全部挤了出去。

最后，建筑物的碎片和瓦砾劈里啪啦地砸下来，虽然很想避开，但爆炸带来的冲击让身体根本无法随心所欲地移动。幸运的是，沉重的钢筋并没有被吹过来，并且镶着木板的轻墙也被吹得远远的。就算是这样，无数大大小小的石子砸下来，还是砸得我后背生疼。

我们花了差不多一分钟，才让呼吸恢复到正常的节奏。我不住地咳嗽，扫落头上的瓦砾，视野一会儿红一会儿白。

“安吾……你没事吧？”

“嗯，还好……”

安吾从瓦砾堆里爬出来，看向身后的建筑物。我也学着他回头看去。建筑物二楼以上的部分几乎全部消失了，只剩下烧焦的骨架还残留在上面。安吾之前被囚禁的房间连带地板都被轰飞了。这炸弹用得可真够奢侈的。这样一来也没办法追踪敌人留下来的痕迹了吧。

“我们的首领知道多少？”我气喘吁吁地问身边的安吾。

“几乎全部。”安吾答道，“Mafia之中，知道我潜入了MIMIC的人，就只有首领而已。这个任务就是这么机密。相关者越多，秘密就越容易泄露——这是机密情报的基本原则。”

“真是败给你们了。”我抬起上半身，坐在一块瓦砾之上，“所以首领才命令我去找你啊，在对我隐瞒真相的情况下。”

也就是说，我是安吾进行谍报活动出现危机时的保险吗？我只是个棋子，可以在什么都不知道、不欺骗任何人、无论发生什么情况都毫不怀疑的条件下，派我出来救助安吾。

“我最不擅长应付这种，炸弹什么的，在千钧一发的时候逃出来之类的情况。”安吾晃了晃头，试图让意识尽快清醒，然后骂了一句：“但是MIMIC的对策比箭矢还要快。拜他们所赐，我完全没有工夫采取保全自身的行动。啊啊，我眼睛里能看到七彩的星星。这是什么？”

“我已经看习惯了。”

“我得快点去报告。”安吾站了起来，“MIMIC的长官是个非常危险的男人。既冷酷，又有统率力，他渴望战争，想彻底击溃Mafia。他的部下会为了他不惜割断自己的喉咙，我也亲眼见过有人这么做。”

“那个长官叫什么名字？”我问。

“安德烈·纪德。他自己就是个强大的异能者，不能和他交战。织田作先生，尤其是你——在我房间那个保险箱里找到那把手枪的人就是你吧？”

是的，我回答道。

“那把枪是一个符号。击铁上刻着特殊的图案，那证明所有者是MIMIC的一员。为了得到那把枪，我也足足花了一年时间。”

安吾步履蹒跚地从瓦砾中站起来，瞥了一眼山间的杂树丛，像是要确认一下那里是不是有什么人。

“MIMIC和Mafia的冲突已经无可避免了。那帮家伙脑子里只有战争。进一步说，无论对手是谁都无所谓。只要能把他们带上战场，他们甚至可以和地狱的看门狗一起跳吉特巴舞。不尽快采取对策的话整座城市就——痛！”

安吾太阳穴附近的皮肤被割破了，一缕鲜血从那里缓缓地流了下来。我把手帕递给他，他道了声谢接过，将手帕按在伤口上。

“MIMIC究竟是什么人？”

“是一支军队啊……你可能已经猜到了吧。他们是上次大战中战败生还的士兵，是无法在战场之外生存、失去主人的‘灰色幽灵’。他们现在也沉迷于战争之中——”

安吾突然看了一眼未铺装的道路说道：

“那是什么？”

我顺着他的目光看去。只见一个蓝色的小手鞠正滚在下坡的碎石路上。是小孩子们扔着玩的东西，会不会是因为爆炸被吹过来的？

我把滚到脚边的小手鞠捡了起来。这是个深琉璃色的手鞠，有几条老化的线已经绽开了，但美丽的几何学图案还是很引人注目。

我拿在手里转了转，手鞠可以完全被双手覆盖住。我也看了看背面，并没有发现什么特殊的——

这时，地面陡然晃动了一下。

地面突如其来地跃于眼前。刹那间之后，我意识到自己已经渐渐倒下。我试图用手撑住前方，但没能实现，身子还是趴倒在了地上。我的视线开始模糊，并感到一股强烈的呕吐感。

我看向自己的双手，黏糊糊的蓝色液体正沾在我的手上。是涂在刚才那个手鞠上的。液体沾到的地方产生了令人不畅的麻痹感。我的大脑发出了最高级的警报。

然后画面便结束了。

我还站在瓦砾里。

最糟糕的是，画面结束后的我，手里已经拿起了那颗手鞠。

我迅速地把手鞠丢掉，然而已经晚了。跟刚才一样的眩晕感袭击了我。我把黏着蓝色粘液的手往衣服上蹭，可是液体已经通过皮肤侵入了我的体内。

我的异能力——“天衣无缝”，可以在脑中映出几秒钟之后的未来。预言的时长介于五秒到六秒之间。因此我可以预知狙击和爆炸等突袭攻击，并加以回避。

然而，若是我在察觉到未来发生的危机时就已经中了圈套——就比如现在——即使我可以预知到，也无法回避。这次我已经拿了那个手鞠长达六秒钟，太晚了。

不管对方是谁，他对我的异能力了如指掌。而这样的人并不多。

我冷汗直冒，想开口提醒安吾，却发不出一点声音。

在安吾身后，悄无声息地出现了几个黑色的人影。

四人，不，五人。他们全部都穿着黑如暗夜的野战服，脸被挡在防毒面具之后。不是MIMIC。他们拿着的不是老式的灰色手枪，而是最新式的诱导步枪。是特殊部队。

黑色特殊部队的其中一人拍了拍安吾的肩，安吾回头，冲对方点了点头，就像在表示“我明白了”一样。

“织田作先生，给你添麻烦了。”

安吾走过来，将刚才我借给他的手帕搭在我的手上。别说是摆

出架势了，我连握住手帕的动作都做不到。

安吾从口袋中掏出白色的蚕丝手套，套在右手上，然后用右手捡起蓝色手鞠。

“你可以把这里发生的事全部说出去——MIMIC的内幕都是真的。如果……如果我还有资格的话，我希望能和太宰君还有你，三个人再一起喝一次酒。同一时间，同一地点……”

黑色特殊部队碰了碰安吾的胳膊，对他发出信号。安吾仅以视线回复了对方之后，又带着死心般的笑容看向我。

“保重。”

我用余光看到安吾转身，他的身影与黑色特殊部队一同渐渐远去。那时我的脖子已然动弹不得，视线也无法移动了。黑暗从我的两侧逼迫而来。

我动了动麻痹的舌头，冲渐行渐远的安吾说了些什么，连我自己都不知道说了些什么，只有无法言喻的孤独充斥了我的胸腔，我觉得自己仿佛置身于无边无际的浩瀚宇宙里。

而这一切都被黑暗吞噬了。

我的意识就此中断。

三.

外面下着雨。

我坐在屋里。

时间像盘踞的蛇一般，慢慢地，悄然流逝，所有的声音都被雨声掩盖了，因此，整个世界仿佛变成了幽灵。

眼前铺满了雨丝倾斜而下的景色，一切看上去都是蓝色的。雨水落在大海里，激出的薄雾交织着泡沫在空气中飘荡。潮湿的景色与我隔窗相望。

这里是咖啡店，我十四岁。

我正在看书。

这是一套很旧的书，封面的页角都已经磨损了，破掉了一部分。印刷很旧，好几处文字已经泛白。

我是在工作现场发现这套书的。它的主人已经没有读它的必要了，于是我把它带了回来。

我翻了一页。

那时的我比现在简单多了。那时的我是个自由杀手，工作中从来没有失败过。这本书原本的主人——那个富豪，也与家人一起变成了印在案发现场墙壁上的痕迹。

我已经想不起来自己为什么要把这本书带回来了，总觉得心里放不下某些事。当时的我并没有读书的习惯，然而这本书不一样。

这是一本很旧的小说。以某个城市为舞台，讲述了许多登场人物的故事。登场人物都很弱小，因一些琐事而东奔西走。然而这故事非常神奇地吸引了我。

于是，工作后坐在常去的咖啡店的固定位置上看那套小说，成了我每天的日程。我已经把它看了好多遍。

那一天，我也在看那本小说。

“小子，我看你一直在看那套书啊，有那么好看吗？”

听到向我搭话的声音，我抬起头。

面前站着一名身板笔直的壮年男子，他面带微笑，拄着手杖，身材很瘦。嘴边留着短短的胡须，我曾在这家店里见到过他几次。

很好看，我答。

胡须男看着我的目光仿佛看到了什么神奇的东西。

“真是个奇怪的小子，这个世上有的是比那种小说更有意思的事情哦。”

我没有应声，看向男人。说实话，因为我不知道要怎么跟他解释，我为什么要反复地看这本书。

“小子，这套书的下卷呢？”

我看向桌子上的书，上面只放着上卷和中卷。

这套小说有一个巨大的缺点——我只找到了上卷和中卷。因此我并不知道故事最后的结局是什么样的。我到自己能去的旧书店逛过，却都没有找到下卷。

没有下卷，我答。

“这下我懂了，你小子可真走运。这本小说的下卷糟糕透了。读了之后简直让人想把头盖骨掀开，掏出大脑好好用水洗一洗。只有上卷和中卷你就满足吧，这是为了你好。”

没有下卷总是不好，我答。

“那你自己写吧。”胡须男说道，“这是唯一一个能让那套小说保持完美的方法。”

我愣了。我从来没想过要自己写什么书。

“写小说就等于写人。”胡须男说，“也就是写人是怎么活的，怎么死的。在我看来，你有这个资格。”

我没有回答，我不认为自己有这个资格。因为那一天我也刚刚完成工作。

然而那个男人的话有一种奇妙的说服力。他的眼睛里闪着澄澈的光芒，仿佛能够看透几光年之后的未来，而他的声音也如同大地震颤时发出的轰鸣，让人觉得很可靠。至今为止，我从来没有见过这样的人。

我问他叫什么，胡须男回答了自己的名字，然而我已经忘记了。

几天后，我在同一时间前往那家咖啡店，发现我平时坐着的位置上有一本书。

书的封面上贴着一张纸，上面写着“后悔我可不管哦”。

是下卷。

我花了那一天时间，把书看完了。

感想是——

× × ×

醒过来的时候，我发现自己在床上。

我的双手缠着绷带。刚抬起身，就扯痛了被爆炸波及时受伤的后背，我不由得呻吟出声。

这里是医院的病房。整洁而空旷，仿佛尸体安放处一样寂静。黑衣墨镜的男人威严挺直地站立在门口，和我四目相对之后便无声无息地离开了房间，应该是去叫人了。

“嗨，你醒了呀，织田作。感觉如何？”过了一会儿，太宰顶着一张明快的脸走了进来。

“感觉像是一下子把未来五十年份的宿醉都体验到了。”我答道，然后环视周围，“找到安吾了吗？”

“没有，我的部下在爆炸现场只找到了你，没有敌人的影子或痕迹。芥川君很不甘心哦，说‘错失了诛杀叛徒的机会’……安吾他果然在那里吗？”

接下来，我把废墟中发生的事讲了出来，讲得十分细致，没有丝毫遗漏的地方。

“被抓起来的安吾、爆炸、安德烈·纪德，以及黑色特殊部队吗……”太宰的拇指贴在唇边，进入了沉思的姿势。大概有一分钟左右，他一动都没有动过。只有视线仿佛在追逐别人看不见的东西一般微微摇动。我安静地等着他。

“现在发生的情况大致分为两个。”太宰终于开口了，“一个是犯罪组织MIMIC来袭；另一个是安吾与黑色特殊部队的暗中活动。”

“黑色特殊部队与MIMIC是不同的组织吗？”

“是不同的。进一步而言，这场巨大的骚乱是Mafia、MIMIC、黑色特殊部队这三股势力互相碰撞而形成的。只不过，特殊部队那边目前可以不用理会。最危险的还是MIMIC。在你睡着的这段期间，Mafia势力范围内的六家商店遭到了爆炸袭击，而且是同一时间哦，被害程度每分钟都在扩大。”

Mafia除了走私和买卖失窃品之类的生意，还会保护部分商店和企业，从中收取等价的保护费。如果那些店铺受到袭击，Mafia就会一次失去经济支柱和支援者的信用。

西餐店老板的脸在我的脑海里一闪而过，那家店是我负责的少数店铺之一。

“不过小商店的袭击被推迟了。”太宰仿佛看穿了我的内心，说道：“MIMIC和之前的对手都不同。他们既可怕又迅速，攻击激烈，形迹诡秘。就算想攻打他们的大本营，也不知他们从何处现身，不知消失到何处，根本无法发动奇袭。简直就像与幽灵交手一样，真的是‘灰色幽灵’啊。”

我想到MIMIC的狙击手，以及监禁安吾的废墟。他们的所作所为的确有点像幽灵。

幽灵部队。

企图将毒辣的Mafia的灵魂都一并吞噬的死灵。

“我还没有完全掌握他们的攻击模式。但能够确定的是，他们是真的想把Mafia的领土更新成一片空地。就算是地狱爬出来的恶鬼都不会做出这么疯狂的事来。以芥川君为首的武斗派成员正组成了队伍与他们相抗……而我们却连敌人头目的能力都不清楚。形势太不利了。”

“那个叫芥川什么的异能者……是你的部下吧。”我回忆了一下，问道，“我听说他的能力具有很强的攻击性……连他也敌不过吗？”

“芥川君啊，是一把没有鞘的刀剑。”太宰笑眯眯地说道，“不久之后，他应该会成为Mafia最强的异能者吧。但是现在需要有人来教他如何收起刀刃。”

我很吃惊，这还是我第一次听太宰如此无所顾忌地称赞自己的部下。

“他这么优秀吗？”

“一开始在贫民街见到他的时候，我甚至不寒而栗哦。他的才能非同一般，那个异能力的破坏力实在太大了，而且他自己也十分顽固。如果就那样放着不管，总有一天他会控制不住自己的力量，走向自取灭亡的道路。”

太宰还从来没有主动把谁收为部下，更别提是一个在贫民街快饿死的少年了。然而看起来，太宰似乎有他自己的考虑。

“我们回归正题吧。现在的威胁还是MIMIC。我们已经召集了‘五大干部会议’，决定出动Mafia全部战力迎击MIMIC，严加戒备。”

“五大干部会议”是决定Mafia整体趋势的会议，具有极大的强制力。上一次召集应该是在龙头斗争的时候。这让我再一次领教到了MIMIC的威胁。

“黑色特殊部队的目的现在还不明。”太宰说，“但是看他们对织田作所做的举动，他们目前应该不会马上袭击我们。最大的威胁还是MIMIC。据说就在刚才，包括芥川君在内，我的部下们都遭受了突袭。对方简直就是想吃掉毒蛇的猛兽。战争已经在美术馆前面的大马路上——”

我一边听着太宰说话，一边下了床。手指还微微残留着麻痹感，但不影响战斗。

“织田作，你该不会是要过去吧？”太宰用责备的语气问道。

“不是要出动Mafia全部战力去迎击吗？”我把挂在墙上的外套拿下来，套上一只袖子答道。

“我还以为你对战争之类的没兴趣呢。”太宰笑着说。

“是没兴趣。”我把枪套挂在身上说道，“但是，总觉得胸口觉得被什么小东西刺得慌。例如说，我还欠着两个人的人情。”

准备完毕之后，我穿过房间。太宰沉默地看着我。

当我走到病房出口的时候，太宰冲我扔过来一个东西。

我接住了，同时传来金属的声音。

摊开手掌一看，那是我的车钥匙。

接着，太宰开口道：

“人情这种东西忘掉就好，对方都已经记不得了。”

“我不太擅长忘记这种事。”我回过头说，“太宰，在这件事里你救了我好几次。你的部下不是被袭击了吗？他们需要帮助。”

“才帮了你点小忙你就当成是人情，我反而觉得很受伤啊。”太宰无力地笑道，“而且，你说的另一个人情的主人是？”

我没有回答这个问题，打开门，走出房间。

太宰也没有继续追问，只是安静地目送了我。

我们的想法是一样的，根本不用说出来。

× × ×

在白墙的神殿前，有两股势力正在展开枪击战。

双方分别是身着灰色破衣服的MIMIC士兵，和黑西服戴墨镜的

Mafia成员。他们都拿着国外制造的自动步枪在攻击对方。子弹在广场交织四射，白石柱像冰雕一样被削成碎片，飞了出去。

这里是美术馆的前庭。拥有雪花石膏外壁的四方形建筑高耸入云，让人联想到数码空间的正方形石板铺满了整个前庭。林立的白色圆柱变成了枪击战的遮蔽物，接二连三地被打得粉碎。

Mafia有四人，MIMIC有九人。无论是身手、人数还是经验，MIMIC全部占据着压倒性的优势，将Mafia逼入了绝境。

MIMIC的部队为了实行夹击的交叉火力，分成了两个小组。一名Mafia成员正在大声指挥，一边回击一边后退到美术馆之中。另一方面，MIMIC没有发出丝毫动静，只是默默地前行，狩猎敌人。

第一个追着敌人踏入美术馆的MIMIC士兵意识到了什么，突然抬起头。这成了他最后的动作。

“你们不喜欢艺术鉴赏吗？”

士兵横着飞了出去。

他直接撞到旁边的墙壁上，滚落在地。片刻后，身体便喷出了鲜血。

一个黑色的人影从上方飞翔着落地，黑外套在风中优雅地鼓起。

后续的MIMIC兵察觉到异状，举起了枪。

“真粗俗。这里可都是一些显现人类精神的美术品，你们要表达敬意。”

人影扭动身体，黑外套缓缓地旋转起来。

黑外套分成三股，分别化作不具质量的利刃水平飞翔过去。

首先割断的是步枪。零件从枪的内部，通过整齐的断面掉了下来。

接着掉落的是持枪人的手。几根手指安静地滑落到地上。

最后连拿着枪的MIMIC士兵的胸膛都横着错了位，然后一起歪斜着倒地。

从黑刃攻击范围内幸运逃脱的其他士兵，纷纷冲着黑外套举起了手枪并扣动扳机。

“枪是蠢人的武器。”

黑外套人影——芥川又向前迈出一步。

自动步枪吐出的每秒十二发子弹，与仿佛由黑暗固化而成的无声黑刃交织在一起。

子弹还没有碰到芥川就几乎全被切断了。剩下的子弹来到芥川面前时仿佛撞到了一堵透明的墙，瞬间停了下来。这是芥川以空间断绝形成的防御。

芥川一扭身子，黑色的杀戮之刃便呼应着飞到空中。

有的人被划破了脸，有的人被劈伤了身体，有的人被切断了双腿。就算是这样，黑刃的乱舞也没有停下。仿佛独立生物一般飞翔于半空的利刃化身为暴虐的黑色风暴，将范围内的一切事物全部切得支离破碎。那是只为破坏和杀戮而特化存在的异能。

芥川嗤笑一声。

若要比喻的话，那就像是将灰色幽灵全部吞噬的漆黑恶鬼。

“退后！”

幸存的MIMIC士兵大惊失色地拉开了距离，向后退去。

“不要退！跟我战斗！”

芥川大吼着追赶士兵。

子弹与黑矛在战场上狂舞。

“还不够，这种程度还称不上苦难！快对我使用更暴虐的招数，用能够冻住灵魂的残暴来对付我啊！”

黑衣少年嘶吼着。他的声音中隐约透着恳求般的情感。

这时，美术馆前出现了MIMIC的运输车，又一批MIMIC士兵从车里跳下。芥川的脸上挂着狂犬般的狰狞笑容。就在这个时候——

运输车附近，一枚信号弹被打上了天空。

信号弹拖着红色的尾巴发射出一道笔直的磷光，照亮了地上的一切。

MIMIC的枪火顿时停止了。

“什么？”

芥川困惑地环视战场。没有一个敌人举着枪。他们一个接一个地把枪放在了地上，甚至还有人已经举起了双手。

“投降？”芥川仿佛不敢相信自己面前的场景，“不可能。”

一个男人举起双手，从MIMIC众人的对面走了过来。

那是一名五官端正的士兵。无论衣服还是头发，都呈现出摄人心魂的银灰色。他的身材与其他MIMIC士兵基本相同，身高却比其他人要高。他仿佛没有体重一般，不发出任何脚步声地走着。他的军装胸口上挂着五颜六色的战斗勋章，而那双毫无感情的双眼，正盯着芥川。

Mafia的成员也不知道该如何是好，只是困惑地用枪对准了不设防地走向他们的男人。

“就是你啊……传说中对子弹免疫的黑衣异能者。”

高个子男人说话的时候，嘴唇几乎没怎么动。他的声音像风的呻吟声一般，不知来自于何处。

“你是谁？”

“指挥官……MIMIC的头目。”

当这句话渗透到大家耳中的那一瞬，Mafia的战斗员们全部跑了过去，纷纷用枪对准了他。

MIMIC的指挥官连视线都没有动一下。

“指挥官领头投降？其志可嘉，我却不信——不，我很不满意。”

芥川的外套变成黑带飞翔起来，捆住了MIMIC指挥官的手脚，然后顺势让他跪在了地上。

“报上名来，MIMIC的头目。”

“我叫纪德，安德烈·纪德。是来……与你一较高下的。”指挥官毫不动摇，平静地说道。

“MIMIC的头目亲自来与我较量？如果是真的，那可是显赫的荣誉，不过我不信。别人还没有问就自己滔滔不绝，这种人说的话我更加不信。”芥川用冰冷的视线看着对方，“MIMIC的头目，你知道我为什么没有把你的头割下来吗？”

“我猜……是因为有人这样教育过你吧？”

芥川一拳砸向纪德的脸。被捆住四肢的纪德没有避开，血从被殴打的嘴角流下。

“我之所以没有割下你的头，是因为我听说MIMIC的头目是个异能者。”芥川夺过纪德腰间的老式手枪，对准纪德，“那些只会乱撒铅块的喽啰，不管我解决掉多少都无法得到那个人的认可。把你的异能露出来让我看看吧，如果你的力量是真的，我就同意与你较量。”

纪德只是盯着芥川和枪，然后呻吟般地说道：

“这就是你的异能啊……操纵黑外套。”纪德看着捆住自己手脚的黑布道，“真是毫无破绽的优秀异能。不过……还不够，不够将我们的灵魂中原罪之中释放出来……看来我的期望有些过高了。”

芥川脸上的皮肤僵硬得如同钻石。他的呼吸停止了，身体某处传来青筋爆裂的声音。

他的回答是黑刃一闪。

在四肢被缚，避无可避的状态下，纪德面对斩击仍然没有丝毫紧张，他身子前倾，摇了一下头。

黑刃贴着他的头部一侧飞了过去。被切断的几缕头发飘在空中。纪德摇动的头部前方掠过芥川夺走并握在手中的老式手枪。手枪脱离了芥川的手，他的手指按在了扳机上，手枪走火了。

束缚着纪德的黑带顿时有了反应，在子弹击中芥川之前将其包住。然而也因此，让纪德的左手恢复了自由。

纪德在军装下还藏着另一支手枪。他用左手拔出枪，冲旁边的Mafia成员开了一枪，由于事态急转直下，他们没能反应过来。子弹击中了他的肩膀，震动使他手里的自动步枪也射出了子弹。

痉挛性射出来的Mafia的子弹共三发。一发贯穿了芥川的胳膊，剩下的两发命中了其他Mafia的胸部，并且是致命伤。

“什么?!”

芥川因胳膊遭受枪击，反射性地用异能采取防御。这时，纪德开枪了。空间断绝虽然防住了飞来的子弹，代价却是捆住纪德的黑布被解开，让纪德恢复了自由。

纪德抓住自己那支在地上滚动的手枪，然后便开始了单方面的攻击。

在肉眼看来，这其中并没有什么不可思议的力量在作怪。子弹没有拐着弯飞过来，现场也没有出现雷电或火焰，他们的身体也没有突然被剥夺自由。除了彼此之间的距离极近之外，就跟经历过的无数枪战一样。不一样的只有结果。

纪德好像摔倒一般，让身体打了个转，然后扣动双手的手枪。

所有子弹就像被吸引过去一样命中了Mafia成员的要害。能成功防御的只有芥川一人，然而那并不能叫做防御，只能说是，被迫防御。

“究竟发生了……这是——异能吗？”

枪火在纪德的周围闪烁。反击的步枪和芥川的黑刃全部被纪德回避了，他的动作非常非常小，就像是在闪避白蚁一般。

纪德的一支手枪终于穿透了芥川的防御，击中了他的腹部。芥川在冲击之下向后仰去。

芥川咳着血沫后退，黑布缠绕住手臂和腹部的伤口，瞬间变成了止血带。然而这样一来，可以用作攻击和防御的布就减少了，情况对芥川更为不利。

“不可能——居然有破坏的异能可以凌驾于我之上。”

“真让人羡慕啊，Mafia的异能者……这句话应该由我来说才对。”纪德双手持枪，站了起来，“如果你的实力再强一点，经验再多一点，结局或许会有所不同。但现在的你是一只黑色的雏鸭。”

“你在玩弄我吗！”芥川怒发冲冠地吼道。黑布卷起旋涡，带着音速刺去。

然而，他没能刺出。黑布在发动之前就被子弹弹开了。因为纪德瞅准了他即将出招的一瞬，向他射出了子弹。

“混蛋……你居然看穿了我的行动吗……”

“我们是MIMIC。”纪德用枪对准芥川，“我们是幽灵，‘幽灵部队’。被上帝恩宠抛弃的死灵军团。在真正的敌人救赎我们的灵魂之前，我们会不断在肮脏的血地里行军。”

那一瞬，芥川被纪德的气势压倒了。因为他知道，纪德的话里没有花招，也没有虚张声势，他只是将自己的想法直白地讲述出来而已。

“……回答我，MIMIC的头目。”在枪口之下的芥川用沉静的声音说道，“你们攻击Mafia领地的目的是什么。”

“没有什么目的。”纪德马上回答了，“幽灵没有任何希望，唯一的希望就是自身灵魂的毁灭。以前的我曾向‘时钟塔的从骑士’寻求过，现在来向你们寻求……黑衣的异能者，你还有什么遗言吗？”

“动手吧。”芥川闭上眼睛，露出了浅笑，“我很清楚——你的心情。没能成为你寻求的‘敌人’，我很抱歉。”

“永别了。”

纪德弯曲手指，扣动手枪——

但是子弹没有射出。

在开枪之前，纪德像被弹开一样，做出了一个回避的动作。

他把手枪举向上方，像是要闪开什么似的后仰了一下。

然而，就算他做出了这个动作，织田作的子弹还是击飞了他的手枪。

× × ×

我的子弹击中了敌人的手枪，手枪滚落在地。

那个看上去像MIMIC指挥官的男人看上去相当不知所措。或许是因为有人在这种距离之下，还能将他的武器准确地弹飞，让他感到很吃惊吧。但是看上去他吃惊的又好像不是因为这一点。在我开枪之前，他做出的那个闪避性动作让我有些在意。

现在没有时间让我心不在焉地思考了。我一边用手枪牵制着敌人，一边向他们跑去。敌人射出了反击的子弹，但我早已“看到了”子弹的轨迹。

我脖子一歪，闪过冲我头部飞来的子弹。而我回敬过去的子弹，也被对方以同样的动作闪开了。

闪开了？

“Mafia的增援啊……”

在你来我往却又都落空的枪战中，我来到了敌人的面前，在近到可以抓住对方手枪的距离之下展开了肉搏战。事实上，我也的确试着去抓了。然而MIMIC的指挥官敏捷地一翻手腕，躲过了我的手。就是刚才那种奇怪的反应，我的动作已经被对方看穿了。

我马上放弃了制住敌人的念头，转而寻找还活着的Mafia成员。虽然几乎全灭，但黑衣少年还有意识，我记得他的名字叫——芥川。

“我们逃。”

“你做什么?!”

我把试图抵抗的芥川扛起，转身跑了起来。芥川很轻，就像一棵枯树。如果再继续失血的话，他很快就会变成一具木乃伊吧。

正当我飞奔的时候，自动步枪用集中炮火对我表示了热烈的欢迎。是MIMIC的士兵们。

已经预测到这轮攻击的我带着芥川向一旁跳去，避开火线。伤口被拉扯的疼痛让芥川发出了呻吟声，但我现在没工夫安慰他。我一边奔跑，一边向对手射出威胁性的子弹。抓住MIMIC士兵戒备的空隙，我冲进了旁边的人工树林里。

我在人工树林里奔跑，身后传来下令追击的叫喊声。人工树林里稀稀疏疏地栽着落叶松。这里应该不会轻易被敌人的射线扫到，但是没人能保证前方不会是死胡同的尽头。

“不好意思，我要放你下来了，你能自己跑吗？”

我把芥川放在地上，又一股血液从芥川腹部的伤口中渗出。芥川在杂草繁茂的黑土之上跪下来。

“我叫织田作之助，是太宰的朋友。我是来带你逃脱这口地狱油锅的。”

我向芥川伸出手，芥川按着腹部的伤口没有动。他的异能攻防都很强大，但他的身体似乎太脆弱了。

突然，我看到了一个画面。

我的身体对画面产生了反应，剧烈地向后方仰去。

我的头部刚才所在的地方，已经被黑色闪光般的利刃贯穿了。

“我听说过你的名字，不过是一介最下级的成员。”

芥川喘着粗气说道。他的目光里充满了愤恨，仿佛马上就要扑过来把我咬死。

“没错。”

“你说你是太宰先生的……是那个人的朋友？”炯炯的目光穿透了我。有什么东西让芥川的心燃起了漆黑的火焰。

“是的。”我答道。

“太宰先生说过，再过一百年我也赢不了你。”芥川的杀气爆炸般地膨胀起来，“那个人不可能说谎，所以我才不能饶了你。我甚至比不上一个最下级成员吗？——为什么？为什么？为什么？”

三条黑布向我飞来。已经预测到攻击的我就地一滚躲了过去。在我的后方，被黑刃砍断的树木嘎吱嘎吱地倒在地上。

“在我们内讧的时候，他们会追上来的。”

“为什么?!为什么太宰先生对我……”

我深深地把身体沉了下去，脸都快到碰到地面了。砍断树木又折回的黑布从后方劈开我头部上方的东西并穿了过去，又有树木纷纷倒下。

真是可怕的异能。无论射程还是速度都无懈可击。最重要的是，这些能将碰到的东西全部切断的利刃，其破坏力在Mafia中算是数一数二的了。以他这个年纪就能做到这种程度，真是让人后背发凉的才能啊。我能明白那个太宰为什么想把他放在身边培养了。

然而，现在不是佩服的时候。

我冲芥川开了一枪。留在他身边没有飞过来的黑布撕裂空间，子弹嵌入了断面中，停了下来。

早已清楚这道防御的我趁机绕到芥川的侧面，毫不留情地冲他受伤的胳膊踹了一脚。

“呜……”

剧痛传遍了芥川的全身，让他失去了意识。长时间使用的异能和不断涌出且尚未习惯的空间断裂防御，极大地磨损了他的精神。因此，伤口被踢中的剧痛不费吹灰之力地让他昏了过去。

原本他就已经到达极限了。

我听说太宰的斯巴达教育十分严苛，可是不管他成功使得芥川的实力获得怎样急剧的增长，芥川还只是一名少年。在连续与MIMIC士兵、异能者指挥官以及我的战斗里，他的精神力早就干涸了，随时都有可能昏厥。他的这份执着究竟是从何而来?

“为什么太宰先生对我……”

芥川的怒吼仿佛被逼入了绝境，他表情中那丝一闪而过、超越愤怒之外的情绪，让我微微有些在意。

“我有一种预感……在这个国家，我能遇到那名异能者。”

“你在说什么？”我回过头去。

人工树林的入口处有人。是MIMIC的指挥和三名士兵。

任何地方都没有传来枪声，因此，我们所在的树林之中甚至可以用静谧来形容。

“我是安德烈·纪德，来寻找……能够让我们幽灵的灵魂得以解放的人。”

指挥官说道。他长着一张五官端正的脸，如果穿上高级西装，再拿一杯葡萄酒，看上去就像是银幕中出现的电影演员。然而他的声音听起来却仿佛从几十年前飘来的一般。

“是吗，如果是我认识的殡仪馆人员，我可以以优惠的价格介绍给你。”

“没有必要……因为我刚才已经找到了。”

话音刚落，纪德就开了枪，子弹瞄准了我的眉间，极其精准。但如果在五秒钟之前就知道子弹是从哪里来的，便能够轻易地避开。

我往右侧移动了半步。

子弹命中我的眉间和心脏。特制的中空弹击碎了我的头盖骨。子弹嵌入后脑勺的内侧，冲击力令我的头部弹向后方。

画面到此为止。

是异能带来的先知。我按捺着内心的混乱，选择避向与刚才画面相反的左侧。可就在同一时间，子弹打进了我的头盖之中。冲击让脑袋里面晃动起来，柔软而湿润的声音在右耳和左耳间回响。

画面到此为止。

我目瞪口呆地站在原地。

纪德还举着枪，跟刚才的姿势一样。他的枪甚至都没有开过火。

一种仿佛突然被人扔进深水般的混乱席卷而来。

发生了什么事？

“你的混乱，同样也是我的混乱。”纪德放下枪说道，“因为我刚才所做的行为，你也完全可以照做。这个能力能够看到几秒钟之后发生的自身危机。刚才，我看到了你向右避开的未来，因此我修正了自己的目标。可你‘看到了’这个未来，又修正了回避方向。而我也看到了……你明白我在说什么吧？”

同样的能力？

“你的未来观测能力是万能的。没有什么人能够杀掉你……除了我。”纪德绷紧了脸颊的肌肉，唇线向两侧抻长，像是在微笑。“而能够杀掉我的人也只有你一个。你是能阻止这场战争的唯一人选。”

纪德的笑容像是发自内心的，我却感觉到自己的神经仿佛被注射了一种极低温的毒药。

我几乎是条件反射地冲纪德举起了枪。

“很好，就是这样。”纪德恳求般地说，“只有你的子弹可以阻止这场战争。你是Mafia的成员，那么你的愿望就是射杀敌人魁首的我。”

我的枪口对准了纪德。他说的话都对，如果两个预知未来的人交战，那就没有人会知道最后的胜利者是谁。而除我之外的Mafia

成员，恐怕连让他冒冷汗的能力都没有吧。

我吸了口气，接着呼出。枪口仍然纹丝不动地指着他。

然后，我放下了枪。

“我拒绝。”我说，“我只是来救同伴的。说实话，我已经好多年没有杀人了。”

“……什么？”纪德的声音里第一次露出了动摇的情感，“你……不是Mafia的人吗？”

“Mafia里的人也有各种各样的。”

“枪是杀人的工具，而这里是战场。”纪德的声音渐渐开始激动起来，“既然这样就要战斗！拼尽全力，与敌人进行灵魂的厮杀！战争只需要一发子弹就够了，就算你不开枪，但只要我开了枪，你就不得不反击！”

纪德举起枪，他射击的精准度我刚刚“看到”过。

“或许所有人都对战争有兴趣，兴趣盎然。”我说，“但是我没兴趣。我所感兴趣的只是活着。对我来说，重要的是一旦死掉就永远不会知道的情报，比如你们是怎么活着的，是什么让你们奔赴战场的。”

“没有什么生比死更重要的！”

纪德扣动了扳机。

我看到了画面。

子弹击中了后仰回避的我。子弹击中了蹲身回避的我。子弹击中了侧移回避的我。这些情况全部重合在一起冲进了我的脑内。

这样一来，预知能力根本派不上任何用场。

为了减少中弹面积，我扑向前方的地面。敌人的子弹微微蹭掉了我太阳穴附近的皮肤，然后飞向后方。

纪德部下的那些MIMIC士兵，配合指挥官的动作一齐开动了自动步枪。

这些我都轻易地预见了。我在土地上打了个滚，避开弹雨。在滚动的同时用两把手枪回击过去。我故意没有瞄准任何一个人，只是为了威吓他们。

我滚到芥川身边，单膝跪地举起枪。

“你是故意……射偏的？”纪德的脸黑了，“你以为……你以为这就是我们期待的战争吗？我和部下们是为了什么，为了什么才战斗到现在的……”

“让你们辛辛苦苦跑到日本来真是不好意思，但是我不愿杀人是有原因的，你还是去别的地方吧。”

“为什么?!”纪德吼道，“自那个战场以来，我和部下们为了寻找值得死去的地方，像鬼魂一样在世界流浪！你是唯一的希望！开枪！开枪啊！否则的话……”

纪德的吼叫声在空中徒然回响，既像坟墓里的人发出的声音，又像拼命想活下去的人发出的声音。

看来我只能回答他的问题了。

我平静地对纪德道：

“我之所以不愿意回应你们的愿望，是因为，我有一个梦想。将来，等我辞去Mafia的工作，再也做不了任何事情的时候，我希望在能够看到大海的小屋里，坐在桌前……”

——那你自己写吧。

——这是唯一一个能让那本小说保持完美的方法。

“当一名小说家。”我说，“放下枪，只拿起纸和笔……曾经有个人对我说，‘写小说就等于写人’……剥夺他人性命的人，是无法书写他人人生的。因此，我不会再杀人了。”

那一刻，所有的声音都从面前的风景消失了。

连风声和树叶摩擦的声音也没有，世界充满了寂静。

这些话，我没有告诉过任何人——包括太宰和安吾。

“这就是你的回答吗？”纪德低声说道，“这就是你不肯走进我们战场的原因吗？”

“对。”我答。

我看向纪德，纪德也看着我。

彼此的视线安静地交错，试图看穿对方眼底的情绪。

于是我便领悟到，交涉失败了。

因为纪德举起手枪，向昏过去的芥川开了火。

我不可能一把抓住昏迷的人，带他躲开子弹。于是我选择扑了过去，挡在芥川前面。

冲击重重敲打在我胸膛的中心。横向跳过去的我在冲击之下转了半圈，然后落在地上，继续向后方滚去。

“你说你活着？我们早已经死了。只不过是亡灵在操纵着没有灵魂的肉体罢了。只不过是一具空壳，一直等着你这样的异能者，用枪火烧毁这具肉体罢了。”

我不住地咳嗽起来，每咳一次，胸口就传来剧痛。

我撕开胸前的衣服，查看子弹，子弹被挡在了防弹内衣上。就算是这样，那种被金属锤重重砸到的冲击还是让肋骨发出了哀号。

“你没有死。”我断断续续地说道，“我不知道你过去发生了什么，但是你可以慢慢考虑自己的死法。”

“为什么不明白……只有你才是唯一的……”

在挤出这句话之后，纪德的眼睛里突然失去了感情，就像蜡烛熄灭了似的。然后，那双鼠灰色的眼睛里，变得仿佛无边废墟般虚无。

“既然你不打算这么做，那就没办法了。你不杀我，是因为你不理解我的愿望。而我也不杀你，因为只有你才是带我们走向圣火战场的人。”

在纪德背后的人工树林入口处，刚才那辆运送士兵的卡车无声无息地停在了一旁。

纪德和他的部下们沉痛得仿佛在参加葬礼一般，一个接一个静静地钻进了卡车里。

离开之际，纪德回头看了我一眼，然后道：

“我会让你理解的。”

他脸色苍白，声音里带出的悲伤仿佛是从另一个世界传来的一样。

“我会让你理解我。我会让你看到这里——”说着，纪德用力地指住自己的太阳穴，“有什么。那样你就会知道什么是真的了，那样你就会知道，我和你必须有一个人要死去。”

纪德踩着无声的脚步离去，坐在卡车里消失了。在最后，他瞥了我一眼，那目光甚至能够冻结他人的血液。

“好好期待吧。”

✕ ✕ ✕

那一天，MIMIC没再发动攻击了。

我把伤者抬回去之后，与太宰稍微聊了聊。

然后我便把自己关在房间里想事情。我在昏暗的房间里听着自己的心跳声，一直凝视着自己心中飘起的泡沫般的感情。

我有一种预感，不久之后，会发生一件大事。而这件大事有着微弱的前兆，就像黎明前的紫色天空，暴雨前的远处雷鸣。这种预感不是因为我的异能才感觉到的，而是源于每个人都能在大事来临之前隐约感受到的，那种感觉。

可是到最后，在那个不知名的状况狠狠地扇到自己脸上之前，我们几乎什么也做不了。这个世界没那么温柔，只能让自己变得坚强。

天黑了。我接到太宰的联络，他说想和我商量一下今后的行动，问我能不能过去一趟。我拿起外套，离开了房间。

“晚上真好，”太宰说道，“晚上是Mafia的时间。”

我和太宰漫步在繁华街上。夜晚的居民都平静地在街上行走。无论是旧建筑物还是新建筑物，都平等地接受着潮湿海风的吹拂。黄色繁星在夜空中眨眼，仿佛倒映着地上的灯火一般。

“这是要去哪儿？”

“去见一个人。”太宰微笑，“不过话说回来，织田作，你可真够遭殃的啊。居然刚见到敌方的首领就接受了人家热烈的求爱，看来周末要举办婚礼了。”

“我没有接受求爱。”应该没有吧，“那只是一群怪人，为了战争而战争。”

“是吗？这不是挺可爱的嘛，费尽心思想给自己设计一个死法。这可是我想不到的好主意哦。”太宰愉快地说道，“不过他最后留给你的那些话可不能忽视啊，说不定对方会改变战略，我让部下在你的周围戒备一下吧。”

“这场战争要持续到什么时候？”

“MIMIC的士兵还好说，但那个指挥官的异能很麻烦啊。突袭没有用。这样的话，就需要内部情报，你有线索吗？”

MIMIC的内部情报——Mafia为了得到它四方奔走，最终却是一场空。

“只有安吾。”我说，“安吾几年来一直是Mafia和MIMIC的双重间谍，他知道的应该比之前告诉我的还要多。”

“我也这么想。”太宰点头。

“有办法找到安吾吗？”

“有。”太宰干脆地说。

“有啊。”我点点头，然后吓了一跳，“有吗？”

“正确地说，我们没必要去找。对方会等着我们的。好了，到了。”

我抬头看向太宰所指的地方。

“这里啊。”我道。

“还有别处吗？”太宰苦笑。

映入我眼帘的是一块熟悉的白色酒馆招牌，在昏暗夜晚的街上，小小的灯光照亮着它。

× × ×

我和太宰沿着通往地下的昏暗楼梯走下去。室内传来微弱的谈话声，香烟的烟雾仿佛白浪一般在脚下打旋。每踩一次楼梯，就会传来令人心情舒畅的“嘎吱嘎吱”声。

回想起来，那里一直坐着一个人。明明没有事先约好，明明没有提前决定要来，但每次都能神奇地看到某个朋友坐在那里，在我进来的时候便向我打个招呼。

这次也是一样。

“嗨，你们好，我先来了。”

和平时一样的座位，和平时一样的语气，安吾举着杯子向我们打招呼。

我用眼神给老板打了个信号，举起一根手指。老板也用眼神表示明白。

我和太宰坐在安吾旁边。我说：

“好歹联系我们一下啊。”

“要甩开跟踪者可是很辛苦的。”安吾苦笑道，“我那边也有数不清的麻烦，没法自由跟你们说话。不过今天既没人跟踪也没有窃听器，可以尽情地喝哦。说起来，你们怎么知道我在这里？”

“那个发生爆炸的废墟里有一块手帕。”太宰得意地一笑，“里面夹着这家店的餐巾纸，我一下子就明白了。身为情报员，你的手法还真是出人意料地落伍呢。”

这么说来，我在昏倒之前把手帕借给了安吾，他是在那个时候夹进去的吗？我还以为弄丢了。

“这种手法只在我们之间才行得通啊。”安吾道，然后他轻轻叹了口气，“我还以为自己再也不会在这里喝酒了呢，还真走运。而且我想把这份运气分给我的两个朋友。”

“身为一名卧底侦察员，你也太伤感了吧。”太宰轻描淡写地说道。

我看向安吾，安吾没有马上回应太宰的话，只是露出了不置可否的笑容。

“……到底是太宰啊。”过了一会儿，安吾轻声说了一句。

“安吾，你在加入Mafia之前还有另一个身份。那就是国家秘密机关——内务省异能特务科的间谍。你的任务是监视并汇报Mafia的动向。”

“……没错。”安吾长叹了一口气，说道。

“虽说特务科是聚集了国内异能者的秘密组织，但如果和港口Mafia爆发全面战争的话，损伤一样会十分惨重。并且，特务科的任务是管理异能者，而不是歼灭。所以才采取了一个不得已的对策，那就是派间谍潜入到Mafia内部，监视Mafia的动向。对吧？”

也就是说，安吾加入Mafia的那场骚动，全是异能特务科安排的一场戏啊。

“这时，出现了MIMIC的事。一直计划登陆日本的异能犯罪组织MIMIC让特务科也十分头痛，于是特务科便派安吾打探MIMIC的动向，以Mafia双重间谍的身份。当然了，一旦有什么突发情况，‘黑色特殊部队'——特务科的执行部队就会伸出援救之手吧。"

"身为一个低薪的国家公务员，这工作真的很不划算啊。"安吾露出了苦涩的笑容。

"也就是说，安吾不是双重间谍，而是三重间谍了？"我道。

"对呀。"太宰点头道，"好了，我能调查到的真相就这么多，别聊这种郁闷的话题了，我们来喝一杯吧。"

杯子被轻轻地放在了面前。

如果是平时，我们接下来会就干杯。可是这次没有，恐怕再也不会有了吧。

× × ×

在那之后的一段时间，谁也没有说话。比店里任何一款酒都要苦的沉默横亘在了我们中间。

"那么，"因为谁也不吱声，安吾只好无可奈何地开口了，"你们到这里来，是为了确认我们的友情还在不在？"

"怎么可能。"太宰扯了扯唇角，"是为了获取有关MIMIC的情报哦，你不是早就猜到了嘛。"

"真奇怪，明明是平时喝的酒，却尝不出味道。"安吾盯着杯子，仿佛自言自语般地低声道，然后看向我问："特务科的监视组发来情报说，纪德和织田作先生交手了。你见过纪德的能力了？"

见过了，我答。能够预知敌人攻击的能力。

“特务科也没有对付那种异能力的办法。”安吾摇了摇头，“唯一的办法就是在他头上扔一颗特大型的炸弹……但是纪德这个人神出鬼没，根本查不出他在哪儿。上头好像想把这个烫手山芋完全扔给Mafia，让两个组织相互厮杀，再去管理幸存的那一方，这样特务科就不必牺牲一兵一卒。”

特务科一直对异能犯罪组织感到十分头痛，对他们而言，这算是一举两得的绝妙着数吧。

“可真够自私的啊。”太宰转了下脖子，“不过对Mafia来说，要突破那个异能也很难啊。”

说完，太宰斜着瞥了我一眼。

“……当然，除了唯一一个最下级成员之外。”

“对方是身经百战的指挥官，率领众多强壮的士兵。”我看着杯中倒映出的自己，说道，“而且，不管是我还是他的异能，都只不过‘能够预测出几秒钟之后的未来’而已。谁能先一步击败对手，到头来还是要看战斗和射击的本事。”

射击的本事——也就是说，谁能在更远的地方正确地击中对手，谁就能赢。

“织田作的射击技术啊……”太宰故弄玄虚地微笑起来。

“的确，不确定的要素太大了，还有‘异能力的特殊点’这个问题。”

“异能力的特殊点？”

“当你对纪德使用异能的时候，有没有发生和平时不同的事？”

我稍微想了想，答：“有。”

就是那个好几个画面重合在一起看到的未来。

“这是政府最近刚开始研究的现象。”安吾一脸正色道，“经确认，在几个异能力相互干扰后，有极少数的一部分人会能力失控，并且能力会向谁也没有预料到的方向偏移。详情还不清楚……比如，要是拥有‘必定先发制人’异能的两个人交手的话会发生什么情况？答案就是，‘只有打了才知道’。一般都会有一方的异能取胜，但是据说，极少部分也会发展成两个人都赢不了。特务科把它称为‘特殊点’。”

我在那个时候看到的，就是特殊点吗？还是说，特殊点是早在之前就发生过的某些情况？

“其实刚才我说的那些原本是不能说的。”安吾说道，“我们见面的事也是一样，要是被内务省的领导知道了就麻烦了。我目前也必须躲起来才行。”

听到这句话，太宰看向安吾，然后微笑着说道：

“哎呀，安吾，你这话说的好像自己能活着走出这里一样呢。”

空气冻结了。

安吾脸上的表情静静地消散了。

太宰还微笑着。

“你想啊，充满谜团的秘密异能机关，神出鬼没，让国内所有异能犯罪组织都吓得发抖，简直就是活生生的神话，而这神话的一员现在就在我眼前。想让他交待的情报清单可比辞典还要厚哦，不是吗？”

我不由得向太宰问道：“你想把这里变成战场吗？”

安吾一动不动，脸上还僵着似笑非笑的表情，目光像是被钉在太宰身上一般。

“这要怪我啊。”安吾死心般地说道，“是我错了，我擅自以为只有在这个地方，我们才可以无视各自的立场相见。不能给店里添麻烦。我不会抵抗的，请自便吧。”

安吾应该也很清楚Mafia的拷问手段有多残酷，他不可能活着回到特务科。

如果我现在站在安吾那边会怎样？不会怎样。如果太宰真的铺好了包围网，我们不可能突破，而且如果我背叛了Mafia，西餐店的孤儿们就会没命。

“安吾，”太宰像是在检查正反一样盯着自己的手，低声道：“只要我一声令下，我的部下们就会立即守住这里。但是这里现在还没有被包围。趁我没改变主意，你赶紧消失吧。”

安吾似乎想说些什么，但又咽了回去。

“我没觉得难过，从一开始我就知道了。”太宰抹去了表情说道，“不管你是不是特务科的人，不想失去的东西都必定会被夺去。所以事到如今，我已经不会有任何感觉了。一切有追求价值的东西，在得到的瞬间就已经注定会失去。没有什么东西值得我们不惜延长痛苦的人生去追求。”

我盯着太宰。虽然我们认识已久，但这还是第一次听他讲起自己的心事。我从中看到了深深扎在太宰人生里的那根尖刺，仿佛一支巨大的鱼叉。

“太宰君，织田作先生，我也跟你们一样。身为只能接受地下工作的非公开组织的一员，身为搜捕异能者的异能者，政府的黑暗面已经淹没了我的大脑。我所过的人生绝不可能正大光明地走在大马路上。”

安吾看着我们说道：

“等到有一天时代变了，特务科和Mafia都变成了不同的性质，我们所处的立场也更加自由的时候——我们还能再在这里喝酒吗？”

“别再说了，安吾。”一个声音在离我非常近的地方响起，是我自己的声音，“别说了。”

安吾受伤地摇了摇头，然后慢慢从吧台凳子上站起身，像是要侧耳倾听自己的脚步声一般，低着头缓步离开了酒馆。

我大概再也不会见到安吾了吧。

在安吾刚才那个位置的桌面上，除了饮尽的杯子外，还有另一样东西。

我把它捡起来，拿给太宰看。

那是几天前，我们在这家店里拍下的照片。

照片中的我们，都笑得非常开心。

四.

人类的心情会受到天气的影响，可天气从来不理会人类是什么心情。那一天，横滨阳光明媚，暖洋洋的。

我面色不悦地走在横滨的街头。因为胳膊里抱着东西，表情肯定看上去比平时更不高兴。倒不是心情不好，只是平衡感的问题罢了。那个时候的我抱了满怀的粗点心和玩具，要让我笑眯眯地搬运这些东西，可能还需要一些修炼。

东西是送给孩子们的慰劳品，用来上贡给那些避难生活过到厌烦的孩子。待在太宰准备的那个藏身处，他们肯定过得非常无聊，这么一点贿赂真的能让他们展露笑容吗？我其实很担心。以大人为标准的满足，对孩子来说从来都是不满足的。

蹬着自行车的年轻人吹着口哨渐行渐远。小孩子追逐着只有他们才能看到的重要东西跑在母亲的前头。这一切都让我觉得，犯罪组织之间的斗争遥远得像地球另一侧发生的事。

我一边走，一边想着MIMIC的事，想着那些为了死亡而活着的孤独士兵。

纪德说，我会让你理解我的。这是一句把我卷入战争的诅咒，同时也是幼儿的沉痛恸哭。能够理解他的人只有部下或敌人，并且他现在正盼望我能成为后者。

我不明白，与MIMIC的厮杀真的是正确的吗？按照现在的形势，除非Mafia或MIMIC其中之一彻底毁灭，否则这场战争就会永远持续下去吧。但是，难道就不能建立某种形式的和平吗？不能在恰当的地方划一道边界线吗？

还有孩子们。我曾经打算，等他们独立了，不再需要我援助的时候，我就辞去Mafia的工作。我不知道那会是什么时候，但这一天总会到来的。孩子们会长大，当上办事员，技工，或者球类运动员。最大的那个孩子好像说过梦想成为我这样的Mafia，这让我很头痛，但我会想办法劝说他的。然后等到了那时，我终于可以放下枪，坐在能够看到大海的窗边，开始写我的小说。

我来到事务所门前，停下了脚步。太宰为孩子们准备的地方，是与Mafia相关的进口许可事务所。这是一栋二层的蓝色建筑物，位于沿海一带，长年累月接受着海风的洗礼，到处斑斑锈迹。建筑物旁边有一个宽敞的公共停车场，一辆深绿色的公交车正无所事事地停放在那里。

据太宰说，他把这里整个都借了下来，连工作人员都被赶到其他事务所去了。这个男人做事的手法真极端。不过这也是因为，太宰觉得孩子们被袭击的可能性很大。

我抱着东西，走上事务所的楼梯。同时再次在脑子里确认，要将什么玩具分给哪个孩子。

我穿过走廊，来到据说孩子们所在的会议室，推开了门。

房间里空无一人。

桌子被翻过来，墙上有个大洞，地板上残留着拖拽重物的痕迹。散落在地板上的蜡笔在大号的鞋印之下碎了。当我听到重物掉落在地板上砸出的声音时，才反应过来那是我怀里的东西掉在地上的声音。

我几乎是下意识地跑了起来。冲出会议室，以直接从楼梯上跳下来的气势奔下楼梯，跑出了建筑物。

之前停在停车场里的深绿色小型公交车，正好刚刚开走。

我看向那辆公交车的后车窗。

透过窗帘的缝隙，我看到有人把手伸了出来。小小的手敲打着车窗玻璃，我还看到了里面的那张脸，是被殴打得眼圈肿胀的男孩的脸。

男孩看到我，瞪大了双眼。是那个年龄最大的、梦想加入Mafia的男孩。他一对上我的视线，便毫不犹豫地一把拉开窗帘。随即，所有的孩子就出现了背后。为了让我看到他们，男孩才拉开了窗帘。

他刚做完这个动作，就被公交车内的MIMIC士兵察觉到动静，狠狠地抓住他的肩膀拽倒了。窗帘被粗暴地重新拉上，男孩的身影随之消失。

我追着公交车跑了起来，步子大到几乎让膝盖撞上下巴。公交车发现了我，加快速度在路上奔驰。

我单手撑着隔开停车场与道路的防护栏上跳了出去，与公交车并行。公交车的速度越来越快，我反射性地把手伸到外套下面，却想起今天我没带手枪——我这个Mafia还真是了不起啊。

来到即将变红灯的十字路口，公交车也没有减速，直接左转弯，周围的车都按响了喇叭。

我看到了公交车前方的路。高架桥下方有一个巨大的转弯，通向高速公路。如果让他们逃到那里去，我就没希望追上了。必须在这之前解决掉。

我三个台阶一步地跑上附近的天桥楼梯，来到天桥中央，再跳到旁边的高架桥上。

高架桥上支着用于防护的铁丝网，我单手抓住铁丝网，防止自己掉下去，然后顺着铁丝网爬上去，落在高架桥上。

我沿着高架桥跑到脚下道路交叉的地方，载着孩子们的小型公交车马上就要通过这里。

我看准时机，起跳。

外套下摆逆着风鼓起，发出呼啦呼啦的响声。

公交车前面的那辆车是一辆红色的小型面包车，我就落在了这辆车的车顶上。我用膝盖和双手支撑住身体，减轻冲击，同时听到车里有人发出了尖叫声。

一转身，便看到了公交车和司机。驾驶着公交车的是一名灰色的MIMIC士兵，他正用布满血丝的眼睛瞪着我。

对方既是军人，而且至少有两名，想必还拿着枪吧。我却是赤手空拳，也没有帮手。但是对方的模样只要让我这双眼睛看到一次，我就有办法解决。

公交车加快速度逼近我，司机似乎想把我连同小型面包车一起撞扁。目前的情况让人害怕得想缩成一团逃离这里，前提是，如果我刚才没有看到孩子那张被殴打的脸。

我在心里轻轻地道了声歉，然后猛地向脚下的后视镜踹去。伴随着金属折断的声音，后视镜无力地垂下了头，我伸手把它扯了下来。

同时，公交车从后面撞上了红色的小型面包车。

我紧紧抓住车身，避免自己被急速旋转的车身甩出去，再将手里的后视镜冲驾驶公交车的MIMIC士兵扔去。

涂成红色的大号后视镜打碎了公交车的前玻璃，狠狠地撞在司机的脸上。正要拔枪的司机大惊失色，急忙踩了刹车。

公交车像喝醉的犀牛一样弯弯曲曲地向前滑行，最后停下。

这个时候，脚下的小型面包车也已经没了气一样地停下来了。我趁机从车顶跳到地上。

重新面向停在路上的公交车时，我产生了一种心脏被揪紧的恶心感。

脑袋里回响起了沉重的警钟声，视野闪烁着红白交错的光。在意识到这些之前，我已经快步跑了起来。

——我会让你理解我的。

司机手里拿着某个东西的信号发信器。

我已经明白那代表了什么，然而身体跟不上意识。那仿佛永远都能感觉到的一瞬已经过去了。MIMIC的士兵按下了发信器的开关。

公交车突然发生了大爆炸。

爆炸的风浪迎面扑来，将我的身体吹到了后方。飞在空中的时候，我失去了意识，而后背被某辆车狠狠撞击到的痛感又让我恢复了意识。

我看向公交车。

公交车所有的窗口都冒着火柱，几乎都已经升腾到了半空中。

我在空中旋转了半圈，摔在道路边上。

片刻后，玻璃碎片从天而降。

我想跑过去，我想争分夺秒地跑到公交车那边。然而事实上，我只能狼狈地趴在地上，只能在坚硬的柏油马路上狼狈地挣扎。

公交车燃起熊熊火焰，车身横倒在地上，从中间折弯了。

喉咙深处尝到了血腥味，剧烈的耳鸣让我几乎听不到任何声音。

——我们明明都已经是大人了。

喉咙好痛。无法呼吸。遥远的地方传来人的叫声。直到喉咙实在痛得受不了，我才发现，叫声是我发出来的。

“哇啊啊啊啊啊啊啊啊啊啊啊啊啊啊啊啊啊啊啊啊啊啊啊啊啊啊!!”

✕ ✕ ✕

一艘小型观光船飘浮在横滨的海上。

阳光从湛蓝到透明的天空中洒下，照得水面的细波闪闪发光。观光船沐浴着反射的阳光，静静地在水中飘浮。

船上只有几个人。

一名青年正坐在观光船中央，他长着一张学者般的脸，戴着圆眼镜——此人正是异能特务科的间谍，坂口安吾。

安吾的右手边坐着一个男人。

“安吾君，好久不见了啊，谢谢你今天邀请我来。回到本职工作的感觉如何？”

男人笑眯眯地向安吾搭话。全部梳拢向后方的黑发以及白衣——他是率领Mafia的首领，森鸥外。

“……”

安吾没有回答，只是很紧张似的垂下眼帘。

“能不能别欺负我们的年轻人啊，Mafia的头子。”

夹着安吾坐在鸥外对面的，是一名高个子且一头白发的壮年男子，他比船内的所有人都要高大——这是内务省异能特务科的最高指挥官，种田长官。

在鸥外和种田的背后，分别站着正在待命的部下兼护卫——黑衣的Mafia和黑色特殊部队。但是大家都没有携带枪支弹药。

安吾面色紧张地说道：

“感谢您今日大驾光临。请容我重复一遍，这是一次非正式的会面。非在场人员的物理性介入及记录和摄影全部被视为背叛行为，会面会立即中止。”

安吾说着，瞥了一眼岸边。远处那块显得渺小的陆地上，各自组织的部下或隐秘或公开地守着。一旦这场会面中有人背叛，伤害了对方，岸边的敌对部队应该就会立即歼灭剩下的人吧。

这场会面就像双方都将匕首抵住了彼此的喉咙，维持着勉勉强强的平衡状态。

“我家的爱丽丝一直吵着要我回去的时候给她带冰淇淋，种田长官，政府常去的店您能不能推荐一下呢？”

“哈哈哈，这可真是暖心的话题啊。”种田笑着摇了摇手中的扇子，“我也给等着报告书的内务省官员们带个什么土特产回去吧。要是把你的脑袋带回去，他们肯定很高兴。”

鸥外身后待命的两名Mafia部下顿时变得杀气腾腾。

然而鸥外若无其事地笑着：

“在政府工作也是挺辛苦的呢，种田长官，还要时时刻刻想着怎么去讨好内务省的上级们。”

“哪里哪里，跟那些心惊胆战地躲在臭水沟里，害怕哪天被政府捏死的人相比，根本不足挂齿。”

不管是鸥外还是种田，表情和语气都像是在屋檐下边下棋边谈笑一般，坐在他们中间担任斡旋工作的安吾却不住地冷汗直冒。如果面前的两个男人真的对抗起来，用不了三天横滨就会化为死城。

“我们就进入正题吧。”即使是特务科的精锐安吾，也需要最大程度的谨慎才敢插入二人的对话之中，“异能特务科·种田阁下对Mafia·鸥外阁下的要求为以下两点。一是对本人安吾所做之事概不追究且不予加害；二是歼灭从欧洲偷渡到日本的异能犯罪组织MIMIC。您有什么问题吗？”

“关于第一点我没问题哦。我对安吾君还是非常感谢的。你很优秀，在工作上确实帮了我很多，就算那些都是你潜入侦察的一部分也不会影响我对你的评价。并且，这次多亏有你从中斡旋，我才得以与特务科会面。我甚至想送你一束花拥抱你一下呢。”

“那么——”

“但是第二点我可没法保证啊。MIMIC是一群很可怕的家伙，因为他们，我们一直被逼得焦头烂额。可以的话真想哭着逃远一点呢。”

鸥外对种田投以虚与委蛇的笑容。

种田的眼底蓦然闪过一丝剃刀般锋利的光。他闭上眼睛，又张开，向安吾使了个眼色。

“接下来，Mafia对特务课的要求是——”

种田长官重重地叹了口气。

然后从西装里拿出一只黑色的信封。

× × ×

毫无意义的画面在我的眼球内侧不停地旋转。

我站在一栋简陋旅馆的一个房间里，然后又站在美术馆前面的人工树林里，接着又变成站在西餐店的二楼里。

——织田作之助，一个无论发生什么事都坚决不肯杀人的奇妙Mafia成员。

我在尘土飞扬的小巷里……我在夜深人静的酒馆里……我在Mafia总部的电梯里……然后画面又变成，我在下雨天的咖啡店的窗边座位里。

——写小说就等于写人。

——你有这个资格。

那个胡须男是真心这么说的吗？还是那只是嘴上说说的安慰呢？我真的有写人的资格吗？

就算胡须男所说的话是真的，那也是过去的事了。

现在的我已经失去了写人的资格。

在爆炸现场，我勉强用颤抖的双腿站了起来，查看公交车内部。

我不该查看的，里面是什么样子，我明明轻易就能想象出来。

——是一支军队啊。

——是无法在战场之外生存、失去主人的“灰色幽灵”。

西餐店的灯没有点亮。

一片寂静。

我走进去，便看到已经死去的店主。

他死在吧台内侧，仿佛将后背都交给了锅子和厨具架。胸口中了三发子弹。眼睛还是睁开着的。在临死前他可能突然抓住了手边的东西，手里还握着用来做咖喱的汤勺。或许他是想用汤勺与持枪的MIMIC士兵对战吧，真不愧是Mafia旗下的西餐店。

我轻轻地合上了老板的眼睛，这下子，他终于像是一名死者了。

我知道自己的灵魂正在被使劲地撕扯着，我能听到灵魂渐渐变形且永远无法恢复原状的声音。

西餐店的吧台桌上扎着一把军用匕首。匕首贯穿了一张地图，将其钉在桌面上。我拔下匕首，看那张地图。

地图上画着离这里稍微有些远的山岳地带，在山间的旧私有地上打了一个叉，上面潦草地写着一句“幽灵墓地”。

这是MIMIC——纪德给我的留言吧。我把地图叠好收进口袋。

我来到二楼，进入老板之前为我准备的暗室。那里放着我为特殊时期准备的一套火药武器。

我脱下衣服，穿上薄薄的防弹背心，再穿上衬衫，将挂带式的枪套通过双臂，在背后扣上扣子。

查看了一下两把手枪，将它们拆开，清除灰尘，上了些油，再组装回去。查看准星有没有偏移。取出子弹扣动扳机，试试手指的触感，再将子弹嵌入弹匣，装填回手枪。拉一下套筒，让第一颗子弹上膛。另一把也照做了一遍，之后将两把手枪收入两侧的枪套里。

按部就班的动作宛如祈祷。在进行准备工作的时候，我的心仿佛游离出了身体，在记忆中彷徨不去。自己曾是什么人，自己曾经追求过什么，自己曾与谁谈过话，感受到什么，想怎么活下去。

我现在只知道，过去我曾追求的一切，现在都廉价得堪比被丢弃的碎纸屑。

我将收纳备用弹匣的腕带缠在手腕上，穿上防弹纤维制成的外套。外套里放入了手榴弹，并且把能塞进去的替换弹匣都塞了进去。虽然犹豫了一下，我还是没有带绷带和止痛剂，没有这个必要。

不过，我倒是翻出了很早以前就戒掉的香烟。我带上烟盒和火柴，来到隔壁的房间。

这里是孩子们过去居住的房间。就在几天前，我和孩子们还在这里上演了一场搏斗。

这里几乎维持着以前的原样。扶手上涂着蜡笔的床、脏地板、垢迹斑斑的墙纸。不同的只有原本应该在这里的五个人影。

“晚安，幸介。”

我点燃一支香烟说道，这是那名年纪最大的男孩的名字。

“晚安，克巳。晚安，优。晚安，真嗣。晚安，笑乐。”

香烟静静地升起一缕淡紫色的烟。我盯着它。

“你们就在安静的地方好好睡吧，我去为你们报仇。”

我用手指夹着香烟，注视着它。直到烟草燃尽，再也没有烟冒出。

然后，我走了出去。

“织田作！”

刚离开西餐店，我就被一个熟悉的声音叫住了。

“是太宰啊，怎么了？”

“织田作，我知道你在想什么，但是你不要那么做。就算你做了也——”

“就算我做了也不能让孩子们回来？”我道。

太宰语塞般地沉默了，然后道：“我已经从之前的战斗规模得知了MIMIC大体的剩余兵力。二十名以上。他们还保存着余力。而且，西边的山岳地带恐怕是他们的大本营。详细情况我接下来——”

“我已经知道他们在哪儿了，因为他们发来了邀请函。”

我把刚才看到的那张地图交给了太宰，那张写着“幽灵坟墓”的地图。太宰看到地图，皱起了眉头。

“他们正把兵力集中到一个地方，就算集结Mafia的全部兵力，也不一定能够突破。”

“没必要集结。”

“织田作，你听我说。几个小时之前，首领好像去参加了一个秘密会面。对方是异能特务科，安吾在里面充当了斡旋的角色。因为机密度非常高，我没办法探听到更多内容，但是关于MIMIC的这件事，背后肯定还有什么，我有这种感觉。在我弄清楚这一点之前——”

“有什么？”我看向太宰，“什么也没有的，太宰。一切都已经结束了，剩下的都是无关紧要的事，包括我接下来要做的。不是吗？”

“织田作，”太宰静静地说道，“希望你别介意我用这么奇怪的说法。但是，你不要去。依靠一下别人吧，期待一下之后会发生好事吧，一定会有的……织田作，你知道我为什么加入Mafia吗？”

我看着太宰。虽然我们来往已久，但他从来没提起过这件事。

“我之所以加入Mafia，就是因为期待着能发生什么事啊。这里的人都把暴力、死亡、本能和欲望赤裸裸地摆在明面上，如果待在他们附近，就可以更近距离地看到人类的本质。这样一来就能——”

说到这里，太宰突然停了下来，然后又道：

“我觉得，这样一来，我就能找到活下去的理由。”

我看着太宰，太宰也看着我。

“我以前想当小说家。”我说，“我本来以为，就算是任务，杀手毕竟是杀手，我会失去写小说的资格。所以我没再杀过一个人。但是，这也已经结束了。我失去那个资格了。我现在的愿望只有一个。”

“织田作！”

我迈出了脚步。太宰在喊我，但我没有回头。

我向西边走去。

人们跟平时一样，走向四面八方。他们一定有要去的地方，要见的人，或者要回的家吧。这就是人类生活的世界。我想写在小说里的世界。孩子们原本也会走向那个世界，成为他们之中的一员，走向各自的目的地。

——他们都已经得到了宁静，没有任何人可以把它夺走。

我想起了很久以前安吾说过的一句话。

孩子们现在是不是好好在安静的地方待着呢？他们应该没有变成幽灵彷徨在世间吧？

就像纪德——和我。

我正走着，突然和迎面走来的小个子青年撞了个正着。

“呜哇！”

我倒是没什么，青年却失去了平衡，一屁股坐在地上，手里拿着的东西也随之掉了一地。

“你干什么啊！走路怎么不看前面啊！你要是这么喜欢看高的

地方，那应该很擅长看前面吧？啊啊，社长给我的侦探工具……”

我帮青年捡起了掉在地上的东西。有纪录纸、笔、照相机、用于鉴定的物证保存袋，看着就像调查凶杀案件的采证人员。

“你是警察吗？”我随口问道。

“警察？”青年把细长的眼睛眯得更细了，露出由衷的厌恶之情，“我可不想被当成那种无能之辈！你不认识我吗？我的名字不久之后就会传遍全日本，你可要好好记住哦！我就是世界最强的名侦探，江户川——”

“不好意思，”我打断了青年的台词，“我赶时间，失陪了。”

“喂喂，你是不是傻啊，居然放弃和我这个名侦探对话的机会！只要见识到我的能力，你应该不会说出这么不像样的话了！不信的话我就让你见识一下。我想想啊，你赶时间的原因是——”

开朗又骄傲的青年哈哈大笑了几声，然后盯住了我。

“你——”

他的眼睛突然缩小了。

青年周身的空气似乎一下子变冷了。那双细长眼睛里的瞳孔，闪烁出某种非人的光。

“你……”青年仿佛变了一个人，用沉静的声音说道，“我这是为了你好，你不能去目的地，重新考虑一下吧。”

“为什么？”

“因为，去了的话，你就会……死哦。”

我点燃了一根烟，转身背对青年，向着西边再度迈出步伐。

一边走，一边对身后的青年说道：

“我知道。”

× × ×

穿过栎树丛繁茂的林间小道，就看到了那座洋房。

最先映入眼帘的是挂石瓦板的紫色房顶和充满宗教风情的半圆形三角墙。在快要落山的夕阳照耀下，朦胧地浮现于林中。

碎石铺就的小路前方，有两名带着冲锋枪的MIMIC士兵。他们似乎是守卫。

“我能打听一下吗？”

我走过去漫不经心地向二人搭话。收到惊吓的MIMIC士兵用枪口对准了我。

不过我已经把手枪从两侧的枪套里拔了出来。

左右同时两发。

子弹陷入MIMIC士兵的额头，击穿了他们的后脑勺，向后方飞去。两名MIMIC士兵几乎还没明白发生什么就气绝身亡了。

两人摔倒在地上发出的沉闷声音，差不多同时在树林中响起。

我把手枪塞回去，收回视线继续走。

穿过大门前的通道，走向洋房的正门。

我看向在洋房屋顶附近的三层阁楼。在屋顶窗的对面，有个哨兵举着狙击枪戒备着。我避开会被狙击兵发现的路线接近洋房，一路来到正下方也没有被人发现。

我打了个响指吸引那名士兵的注意力，狙击哨兵听到这个声音再看到我，大吃一惊。在士兵向狙击枪伸手之前，我已经击穿了他的头部。士兵猛地向后仰去，摔到后方的楼下，发出了巨大的声响。

哨兵掉下去的声音应该让里面的士兵也发现异状了吧。

我踩着跟平时一样的步伐来到正面大门前的门廊，然后停了下来。掏出香烟，点上火，让浑浊的烟雾填满我的肺。

我看向自己的手，就在刚刚，这双手连着结束了三个人的生命。这毕竟是自己的手，与那双一直避免杀人的手别无二致。

我的手指里没有杀意。扳机里也没有杀意。子弹也没有杀意。有杀意的是存在于脑袋里的，我的精神。

洋房里开始变得喧嚣。怒吼的声音，踩踏地板的声音，装填子弹的声音。

我从正面的法式大门移动到了旁边，靠在雕刻着石柱装饰的墙壁上。

后背靠着坚硬的石墙，我把胳膊横着伸了出去，敲了敲木制的大门。

与此同时，仿佛地面炸裂般的轰鸣响彻四方，大门被无数的子弹击了个粉碎，飞得到处都是。

我举着手枪，用余光看到了这一切。五秒，十秒。

过了十二秒钟，就在士兵们要更换弹匣的时候，我拉开手榴弹的保险，将其丢进了洋房中。

在爆炸将整个室内都轰起来的同时，我吐掉了嘴里叼着的香烟。

紧接着，我两手举枪，跳入室内。

子弹带着白烟飞出去。

向前扑倒在地板上的同时，两枪。

枪火在室内闪烁着白光。

向前一滚将前行方向改成横向，跳到房间角落里的同时，两枪。

空中的石膏碎片、血雾、爆炸烟雾被枪火一一照亮。

冲锋枪的子弹在脚下弹开。预测出着弹点沿墙根快跑的同时，两枪。

无数的空弹壳落在地上，演奏出战场音乐。

最后合并双手的枪瞄准中央的敌人，两枪。

而后，沉默。

房子里的所有士兵都已经被我消灭了。

我环视房间。

洋房的大厅已经变成了通风的天井。天花板附近的彩色玻璃让室内的尘埃与硝烟闪耀出模糊的色调，其下倒着六名MIMIC士兵。

离太宰所说的敌人数量差很多，宴会还长着呢。

在铺着地毯的大楼梯尽头的里间，传来了士兵的脚步声。我的异能能看到五秒多之后的未来，至于里面有多少陷阱，他们摆出了怎样的阵型来等待敌人就不得而知了。

我换了个弹匣，慢慢走上楼梯。

楼梯的尽头连接着细长的穿廊，如果敌人从里面涌出来，我就躲在遮蔽物后面撒下火网吧。

穿廊前方看到了几名士兵，他们都举着枪。我决定正面突破。

我奔跑在几乎没有回避空隙的细长穿廊里。敌人有四个，他们端着这个距离最为适用的冲锋枪，一边开火一边向我跑来。

我保持着前倾的姿势迅速奔跑。

接近打头的MIMIC士兵时，一枪。士兵中弹仰面倒下。我敏捷地冲进他的怀里，用他的身体当作遮蔽物再连放两枪。

第二名MIMIC士兵也中弹，残存一口气的士兵抽搐着手指，在天花板上留下了一道带状的弹痕。

我往士兵的胸口踹了一脚，把他的身体踹向后面的人。

趁着第三名士兵想把同伴身体甩开的空隙，我绕到一旁，用掌根击中他的下巴。在他的下巴被推开的时候，冲他开了一枪。深红色的液体顿时飞溅而出。

紧接着我向旁跳开，躲闪最后一名士兵射出的冲锋枪子弹，再一蹬墙壁，利用三角跳跃避开水平追逐着我的射线。在我几乎跳到敌人正上方的时候，才将所有子弹都射了出去。

我落在穿廊的终点。从最开始的枪火到现在，紧紧过了一瞬。半晌，后方传来士兵倒地的声音。

我仅凭这声音确认了自己没有失手，之后再度前进。

穿廊的前方是面向中庭的宽敞休息室。

房间里设置着装饰成中世风格的巨大暖炉，红色天鹅绒的扶手椅，以及镶着联队旗的金色边框。

这座洋房以前似乎是某个外国贵族的住所。

据我先前的调查，这栋华丽宅院的主人随着战火的扩大，资产遭到查抄，最终回了祖国。之后这栋宅院的所有权就被搁置在一边，耐心等待着永远不会再回来的主人。

我停下脚步。我很清楚，前方大门的里面安装了远程爆破式的地雷。

如果再继续前进，我就会被爆炸卷进去。只能隔着墙把它破坏掉。

我举起了枪。

在举起枪的瞬间，我便领悟到了自己的失败。

因为在离我极近的后方，也被人安装了地雷。从某个地方监视着这里的人应该事先就决定了，一旦我发现前方的地雷，就把后方的地雷一同远程引爆。

我的能力可以预知未来。然而关于我自己改变行动所导致的结果，我只能从改变行动的瞬间起预知。因此，如果以“我冲前方的地雷举起了枪”为导火索，一秒钟之后就会有陷阱启动的话，我只能在陷阱启动的一秒钟之前预知。

这次正是这种情况。

我猛地向前方跳去。随即，后方的高性能炸药便启动了。霰弹铁球和爆炸火焰撕碎了我背后的外套。我在爆风的压迫之下滚落在地，第一时间护住头部趴在了地上。

前方的地雷也联动地轰破了门，横向的冲击砸在了我的身体上。

这是反过来利用我的异能制造的奇袭，而且是前后两发地雷的夹击。这个敌人对“预知未来”异能的特性和弱点都了如指掌。

我看到了画面。

士兵们从左侧的落地窗跳下来一举攻入。

我还趴在地上，这个姿势无法反击。

离他们闯入还有四秒钟左右。

只能赌一赌了，我挣扎着想把手枪捡起来。

右腹一阵钝痛。刚才爆炸中放射出来的霰弹，伤到了腰骨一带的肌肉——防弹背心没能保护到这一块。鲜血已经渗透了我的衬衫。

窗子对面可以看到上方垂下的绳子，以及正在下降的士兵们的鞋底。

我呻吟着捡起手枪。

窗子被一个不落地全部击碎，从上方跳下来的士兵共有八人。

没有时间躲在遮蔽物后面了。

破碎的玻璃在空中飞舞，我还看到那一枚枚碎片散发出的光芒。

我首先向左右开了两枪，击穿两个前锋的身体。剩下的士兵也落到了地上。

伴随着飘扬而起的外套下摆，我旋转半圈，压低姿势再开两枪，解决了身前的两名士兵。

剩下的士兵冲我举起了抢。

玻璃碎片终于落在了地板之上，又化作无数的光芒溅开。

接着，枪花绽放。

枪击战在几乎可以互殴的距离拉开了帷幕。闪光充满了整个房间，将世界染成一片刺眼的白。

一个极其微小的死神使徒在光芒四射的世界中扑面飞来，被我看到了。

我将身体放倒至几近水平，躲过了从极近距离下射来的子弹。

双手交差左右再放两枪。

身体反转到胸口几乎正对天花板，向左右的敌人开两枪。

胸口受到冲击，身体不禁一跳。子弹嵌入了防弹背心，一阵被铁球砸到似的冲击让我停止了呼吸。

有一个人被我漏掉了。

我用手支在满是玻璃碎片的地板上，翻滚躲闪，然后一把挥向还想继续射击的敌人的脚踝。

士兵在倒地的同时伸手抓住了我的外套下摆，想把我一起拉下去。与前面的敌人相比，他的身手倒是不同。

我眼前一晃，看到了他军装胸口上的领章，这人估计是个副司令官，纪德的心腹参谋长吧。

我试图用左手的手枪瞄准他的喉咙，却被冲锋枪的前端迅速打开了。我和副司令官扭打着滚倒在地板上。

我用左掌根击向副司令官的下巴，想把他打成脑震荡，却被他回避了。他抓住我左手的袖子，反手按在我背后，同时拧着我的手肘和手腕向上提。他的目的是使用关节技。我的肩膀发出了沉闷的声音。

如果敌人再继续用力，我的肩膀就会永远废掉了吧。

然而，他不应该与拥有预知未来能力的男人近身格斗的，我一开始的目的就是这个。

我用自由的右手抓紧手枪，扭曲着身子将全部子弹射向地板。

空弹壳弹在地上的声音仿佛清脆的铃铛一般。

原本拧着我的手臂的男人失去了力量，倒在地上。

子弹嵌入了他的喉咙。是被我刚才打在地板上的子弹反弹后击中的。

我忍受着胸口的剧痛，查看防弹背心，发现胸口的位置挡住了三发子弹。我脱掉背心，将其扔在地上。肋骨说不定裂开了。

“呜……”

我回头一看，副司令官居然还有意识，但是他受了致命伤，最多能再撑个十分钟吧。

“要我给你个痛快吗？”

我捡起枪，枪口指向副司令官问道。

“……好啊……拜托了……”

大概是血堵住了喉咙吧，副司令官回答的声音十分微弱。

“你有什么遗言吗？”

“谢谢你……肯与我们战斗……”

副司令官闭上了眼睛，枪伤的疼痛应该非常剧烈，但他露出了浅浅的笑容：

“司令官就在前面……拜托你，把他也从……这个地狱里，拯救出来……”

我扣动了扳机。

子弹射出，副司令官微微抽搐了几下，便失去了力气。

我站起来，更换弹匣，然后迈出步伐。

“嗯，我知道。”

× × ×

太宰正在行走。

他的脚步毫不犹豫，动作快速得仿佛要用脚跟把地毯磨掉一块似的。

太宰正走在耸立于繁华区里的Mafia本部。他独自搭乘玻璃电梯，按下最顶层的键，闭上眼睛。

当电梯到达目的地后，太宰睁开了眼睛。他的眼睛只看向一点——前方尽头的办公室。

太宰微微敛容，向前走去。

站在办公室前方的高大黑衣男子沉默地挡住了太宰的去路，两个人手里都举着自动步枪。

“让开。”

太宰看也不看黑衣男子的脸便说道，而身型比他大了两圈的守卫却因这一句话僵住了身体，像是被压迫了一般退后一步。

太宰没等守卫有所反应就打开了办公室的门，毫无顾忌地闯进了办公室。

他来到宽敞办公室中央的那张大办公桌前，停了下来。

办公桌对面坐着Mafia的首领，森鸥外。

“哎呀，太宰君，你主动来办公室可真少见啊。我派人去准备红茶吧，最近收到了北欧产的茶叶，非常昂贵的哦。搭配着糯米点心吃简直是绝品——”

“首领。”太宰打断了他的话，“您应该清楚我为什么到这里来吧？”

鸥外没有回答他的问题，只是挂着淡薄的笑容看着太宰。

在片刻的沉寂之后，鸥外回答道：

“当然了，太宰君，你有急事找我吧？”

“对。”

“好啊，无论你有什么事，我都批准了。”说着，鸥外微微一笑，“英才太宰君的想法不可能出错，你一直在为我和Mafia做巨大的贡献。希望今天也是一样。”

太宰像是被戳中痛处一般沉默了。就算是太宰，与鸥外对话的时候也如履薄冰，一旦踏错一步就会被砍断手脚。

太宰想了想，说道：

“那么，我想组建‘干部’级异能者小队攻打MIMIC总部去救援织田作，您的意思是批准了？”

“很不错的切入点。”鸥外点头说道，“有时，先把自己的真心话讲出来会得到最大的谈判效果。可以啊，我批准了。但是能请你告诉我原因吗？”

太宰笔直地与鸥外对视。鸥外眯起的眼睛里蕴含着智慧的神色，仿佛能够看穿对方的内心。他的目光正是过去太宰面对所有敌人、面对所有同事时投去的那种目光。

“现在织田作就在敌人的大本营里，他自己一个人去执行武力侦察。”太宰用毫无感情的声音说道，“我已经采取了紧急应对措施，派附近的Mafia成员赶去援护，但战力远远不够。这样下去的话，织田作这个珍贵的异能者会死。”

“但他是最下级成员。”鸥外十分不解，“当然，他也是我们重要的伙伴。可是，为了救这么一个成员，有必要让‘干部’级的成员都奔赴前线吗？”

“有必要。”太宰斩钉截铁地说道，“当然有必要。”

鸥外沉默了。

鸥外看着太宰，太宰也看着鸥外。

这是一场唇枪舌剑的沉默。他们彼此都了解对方的心理，也了解相对的反驳。

“……太宰君，”鸥外结束了无声的激辩，先开了口，“我想问一件事。我明白你的计划，但是织田君他，恐怕不希望得到任何人的救援吧。关于这一点你怎么想？”

太宰想回答，却找不到回答的话语。

鸥外从办公桌的文件架里抽出一个信封，一边看着它一边说道：

“太宰君，所谓的首领呢，既是站在组织的顶点，也是组织整体的奴隶。要想让Mafia永远发展下去，就必须进入所有污浊之地，将整个身体都投进去。减少敌人，使同伴的价值最大化，为了组织的永存和繁荣，只要合乎逻辑，不管多么残忍的行为也得地去做。你明白我说的意思吗？”

鸥外将手中的信封放在桌上，那是一个黑色的大号信封，质地高级，边上还印着小小的烫金字，里面装着几乎没有什么厚度的东西。

太宰不经意地瞟了一眼那个信封。

随即惊讶得屏住了呼吸。

“这信封是——”

某个东西在太宰的脑中剧烈活动、，闪光。那几乎变成了物理性的振动，让太宰的头颅都感到麻痹了。

“这样啊……”太宰的声音仿佛从喉咙中挤出来的一般，他的脸色一片苍白，“原来是这么回事。”

太宰旋即转身，背对鸥外。

“告辞了。”

“你要去哪里？”鸥外冲太宰背后问道。

“去织田作身边。”

太宰低着头一直走到办公室的出口前。

当太宰正要伸手去碰带着装饰的把手时，身后响起了好几个声音，仿佛是金属互相碰撞般的，又像小零件互相咬合般的声音。

听到那个声音，太宰的动作一下子停止了。随即他便意识到自己的失败，闭上了眼睛。

伴随着轻声叹息，太宰转身又面向办公室。

只见从隔壁房间中悄无声息地出现了四名身着黑衣的武装Mafia成员，每个人手里都举着自动步枪，枪口正对着太宰。

太宰看到这一幕并没有吃惊，只是望着室内，再看向鸥外。

鸥外还维持着与刚才一模一样的姿势，对太宰露出微笑。

× × ×

穿过战场的门继续前行，便来到天花板很高的宽敞舞厅。

那是一个很大的会场，甚至能容纳一百组舞者共同跳起巴洛克舞。腐朽的枝形吊灯从约有三层楼高的天花板上斜着垂下。房间两侧挂着绣有金色刺绣的深红色窗帘，窗帘到处都开了线，还破着洞，像是在怨恨昔日繁华似的将整个房间掩盖得十分昏暗。大厅里和跟前分别有着两扇橡木门。

当我来到房间中央，就听到背后传来了声音。

“一粒麦子不落在地里死掉了，仍旧是一粒；若是死了……”

我顿时拔出两把枪，在转身的同时指向声音的来源。

那个男人就站在那里。

银发银衣，五官端正的亡灵。

我举着枪，接下了他未完的话：“就结出许多子粒来。”（**注：这句**

话出自《新约全书·约翰福音》，耶稣的语录。德国作家安德烈·纪德曾用这个典故为题撰写了自传《如果种子不死》。）

幽灵眯着眼睛笑了起来。

“《约翰福音》第十二章二十四节，真是人不可貌相啊，没想到你还挺博学多识的，作之助。”

纪德站在橡木门的前面。没有陷阱，没有部下，没有准备。

我稳稳地用准星对着他的双眉之间，只要稍稍往食指上施加一点力道，子弹就会冲向瞄准的地方吧——冲向那个挂着淡薄笑容的男人。

“感谢你大驾光临。”

我瞄准目标，开了枪。

纪德偏头闪过了子弹。

“我做了很对不起孩子们的事。”纪德的表情纹丝未变，再次走起来，“但看起来并没有白做。”

纪德沿着墙壁走，我的枪口随着他的动作水平移动。

我瞄准他又开了一枪，接下来用异能预测到纪德会向右回避，于是我故意将弹道向右偏了偏。

然而纪德反而偏向左边躲过了那一枪。

“你的眼睛与我相同。”纪德依旧挂着浅笑毫无声响地继续走着，“与我和部下相同，都是从人生的楼梯上走下来的眼睛。”

纪德的手里并没有武器，就算我开枪，他也都没有任何戒备的架势。

我的后背一阵发凉。

“作之助，欢迎你来到我们的世界。”

纪德毫无预警地拔出两只手枪，指向我。

在那一瞬间，我没能做出反应，并不是因为我受到惊吓——而是因为，就算他开枪也击不中我。

我们将枪口指着彼此，然后静止下来。

我的枪口盯着纪德，纪德的枪口也盯着我。

“你的话真多。”

“不过，就说到这里吧。”

我看到了画面。

五秒钟之后，纪德会开枪，冲我眉间一枪，心脏两枪。

要选择躲避哪边才好？

旁边吗？——不，那会被他预测到，从而将弹道修正为旁边。

下面吗？——不，就算我弯下身，同样会被预测及修正。

还有三秒钟。

这时，我突然注意到一件事。

——对了，原来是这么回事啊。

还有一秒钟。

我一边双手连续开枪，一边向敌人猛冲过去。

然后，地狱开始了。

枪火在二人中央闪烁。

我和纪德互相冲向彼此，同时开枪向对方射击。

几发子弹从我的耳边擦过，还有几发子弹撕碎了我的外套下摆。

我用双手手背将对方的枪向外挥开。纪德的枪一度被我逼得向左右退去，却又划了一道圆弧再次回到中央。“灰色幽灵”冲着我的胸口喷出火焰。

我们之间的距离近到几乎可以抓住对方的鼻子。左右平行射出的子弹几乎把脸夹在中央，已经无法从容地躲开

我瞬间做出判断，脸向左偏去躲开了右边的子弹，用手枪的枪托防住了另一发子弹。整个手掌都像被狠狠打过似的，遍布冲击与麻痹感，左手的手枪被弹飞了出去。

在手枪的后方，我看到纪德咧着嘴笑起来。

纪德有两把枪，而我现在只有一把，从数量上来看，我自然是处于下风。

——但也要看这一把手枪要向哪里发射子弹。

右手的手枪——我还握着的那把手枪，已经指向了纪德。

子弹射了出去。

纪德剧烈晃动了一下身体，躲过了，然而他的移动距离不够，子弹还是击中了他的左上臂。鲜血溅向后方。

“呜……”

一中弹，他的手枪也脱手掉在了地上。

纪德蹬地后跳，与我拉开了距离。

“预测不到未来的感觉如何？”我举着右手的枪问道。

“非常棒……就像看到世上不存在的东西似的。”纪德答道。

不管怎样预知未来，不管怎样以此为基础采取回避行动，对方都能够“刷新”这一切，修正动作。解决这个问题，有一个既单纯又彻底的方法。

只要不依赖异能就行了。

我和纪德举着各自剩下的一把枪互相对峙。

纪德脸上带着笑容，露出了半月形的牙齿。

想必我的表情也跟他差不多吧。

× × ×

太宰眼神平静地看着指向自己的枪口。

“红茶还没好呢，太宰君。”鸥外开口道，“先坐下吧。”

太宰一动未动。

绕到他侧面的黑衣男子将自动步枪指向了太宰的眉间。

“织田作在等我。”

“坐下。”

太宰瞥了一眼指着自己脸庞的枪口，然后回到了房间中央。他站在鸥外的正面，平静地说道：

“我一直在想有关Mafia、MIMIC和黑色特殊部队的事。围绕这三个组织的对立局面，会不会其实是有人在暗中操纵的？而当我察觉到安吾是异能特务科的人时，我得到了一个结论。这是异能特务科的计策。对政府来说，Mafia和MIMIC都是让他们头痛的组织，所以他们希望看到我们互相厮杀的局面，最好的结果就是两败俱伤——我一直以为，这就是特务科书写的剧本，也是这场战争的真实面目。然而我错了。”

说到这里，太宰停了下来，他看向鸥外。

鸥外依然面带微笑地耸了耸肩，说了一句“我在听你说着啊”。

“这个作品的作者是你，首领。你利用了犯罪组织MIMIC的威胁，将异能特务科拽到了谈判桌上。然后，成为这个计策的中心棋子的人，就是安吾。”

太宰半闭着眼睛说道：

“首领，你派安吾潜入MIMIC内部，不是为了得到MIMIC的情报，而是因为你从一开始就知道，安吾是异能特务科的人。对吧？”

鸥外既没有否定也没有肯定，只说了一句：“哦？”

“如果在这个基础上考虑，很多事实的含义都会随之发生改变。在安吾将MIMIC内部的情报传达给Mafia的同时，他也会同样传达给异能特务科。对方是一群渴求战场的亡灵，谈判与妥协都行不通，其危险性与Mafia不同。如果再这样下去，不久之后就会与政府机关发生碰撞，异能特务科是这样想的。于是他们想到一个办法，那就是煽动MIMIC去对付Mafia，这样一来，Mafia也不可能不反击。异能特务科打着这样的算盘，给安吾下了作战指示——这一切都正中你的下怀。”

“把我捧得这么厉害，可真让人为难啊。”鸥外微笑道，“政府机关对我们Mafia来说也跟恶鬼差不多哦，哪能随随便便就操纵呢。”

“所以你才煞费苦心地设计了这么一个圈套不是吗？——那个信封就有着相应的价值。”

太宰指向鸥外手边的黑色高级信封。

“你说的对，异能特务科跟恶鬼差不多。不管Mafia的力量有多强大，还是经常害怕得罪异能特务科，害怕被他们彻底镇压。因此，你提出了一个交易，作为击溃MIMIC的代价，让政府发放了那张证书。”

鸥外的笑容变深了。

太宰站在鸥外旁边，取出了黑信封里面的东西。

里面装着一张证书，上面用流畅的字体写着语句，并且印有政府的印章。

批准Mafia以异能者组织的形式进行活动的证书——“异能开业许可证”。

✕ ✕ ✕

火药炸裂，弹壳在地上弹起，大厅里充满了轰鸣。

纪德的手枪抵在我的眼前，我用手肘将其挥开。子弹在我脸旁炸开，擦着我的耳朵飞了过去。

我像要割掉空间一般，将手枪水平转了半圈，然后顺势直指纪德眉间。纪德的手从下方伸来，抓住了我的手肘。轨道被强行偏移，子弹击中了空中的枝形吊灯。

手肘和手腕，手腕和枪口互相碰撞，在紧要关头撞偏对方的枪。子弹从耳朵上方、下巴下方飞去。无数枪火在可以互殴的距离中熊熊燃烧，在彼此之间描绘出闪光的墙壁。

纪德的扳机和我的扳机同时击出了空鸣，子弹用光了。

我和纪德的右臂相互交叉，同时更换弹匣。空弹匣落在地上，纪德拔出腰间的备用弹匣，我拔出腕带里用于更换的弹匣。

纪德动了起来，试图将备用弹匣装填进手枪里，然而我一挥右臂阻止了他的行动，左手握着弹匣冲他使出一记左钩拳。

弹匣的金属划开了皮肤，一丝红线爬上了纪德的脸颊。在失去平衡的情况下，纪德还是换完了弹匣。我转身令后背紧密地挨住纪德，在妨碍他射击的同时挥动手肘猛撞向他，他沉下腰躲了过去。手肘划过一道半圆后，我把弹匣装填进了手枪。

我们同时将枪口送到了对方眼前，互相用左手抓住了对方的右手腕。

我们保持着这个奇怪的姿势，静止着。

我的眼前是枪口，纪德的眼前也是枪口。虽然纪德的枪被我用左手抓着，但他也同样用左手抓着我的枪。

左眼看见枪口，右眼则看见紧紧粘住我的灰色视线。

“作之助……你太棒了，为什么没有早一点出现在我的面前？”

“那真是抱歉，我今天会奉陪到底的。”

如果要甩开手腕的束缚，对方就会趁机开枪，但是他也一样。极其微妙的力量抗衡让我们保持静止的状态，才有了这些对话。

“作之助，你为什么不再杀人？”

“纪德，你为什么渴求战场？”

这时，我听到了脚步声。

是许多人向大厅这里跑来的声音。

“你的部下？”

“你的同事？”

舞厅的前后方都传来了脚步声，从声音来看共有十人左右。如果脚步声是属于MIMIC士兵的，那我完全无法同时对抗他们和纪德。只能在他们闯入的瞬间打倒纪德，然后再对付士兵们。

脚步声已经逼近了房间。

橡木门被踢破了。

我看准这个时机，推开纪德的手腕。耳边响起枪声，子弹带起的火焰把我的汗毛都烧着了，然而子弹并没有击中我。

我的子弹也被同样的动作躲开了。

纪德的手肘内侧与我的相互交错。

托了异能的福，我已经知道即将闯入这里的人是谁了。从前方来的是Mafia的武装成员，从后方来的是MIMIC士兵。

几乎就在他们闯入的同时，我和纪德曲起手肘，像要把手腕纠缠在一起似的，**向背后的敌人开了枪**。

MIMIC的士兵被击中的子弹冲飞了出去，后方的Mafia想必也一样中弹了吧。

我知道纪德在想什么，他想先把妨碍我们的闯入者收拾掉——我也是这么想的。

纪德一把揪住我的领口将我扯过去，我也揪住他的领口往回扯。

我们以支点为圆心各转了半圈，重新面向背后的敌人。开枪。MIMIC士兵向后仰去。

这是一间舞厅。

我们在中央。

空弹壳落在地上，发出鼓掌般的声响。

我们以对方为支点，不断向敌人开枪。

将后背交给对方，攻击眼前的敌人。

衣服在转身时猎猎飘扬，我们互相交换位置。

以彼此的肩膀作为支架，将枪架在上面射向敌人。

士兵的鲜血溅在墙壁上。

肩膀与肩膀相互交错，一边转身一边攻击敌人。

只有火药的火焰和空弹壳在我们的周身不断闪烁。

我和纪德的血量正一步步走向极限，脸色青白，视线模糊，只有注意力还保持着最高级别的敏锐。

我和纪德在离死亡深渊仅有半步之遥的地方共舞着。

这个地方不属于这个世界上的任何一处。

异能自动读取未来，纪德接下来要说的话已经印在了我的脑海里。

“怎么样，作之助？”

我预知到了这句话，在他说出口之前便回复了他。

“什么怎么样。”

然而事实上我什么也没说，因为在说出口之前，纪德也预知到了，并且回复了我。

“这就是我追求的世界……我活到现在，就是为了来到这个世界。”

我们彼此都没有说一句话。

只是用异能察觉到对方想说什么，再抢先回答。

在思考的瞬间，想法就传达给了对方，对方再思考如何回复。

“为什么追求这个？”

“你又为什么不再杀人？”

那一瞬间，时间仿佛永远定格了。

异能与现实混合在一起，已经分不清哪里是现实世界，哪里是预知的未来，这已经变成了一个超越世界的世界。

那个世界只有我们两个才能抵达，只有借由我们两个相互厮杀才能实现。

“我想当一名小说家，有人对我说过，所以我认为应该这样做。”

“小说家啊。”纪德在静止中的世界笑了，“以你的能力，说不定可以当上的。”

“嗯。”

或许在某个世界里会有这个可能性吧。

“有个人跟我说了几句话。那个人送了我一本小说，是我一直在找的小说的下卷，在看之前，他警告我说那是一本很糟糕的书。”

“其实呢？”

“那本书……”

“为了得到那张许可证，首领，你从几年前就开始谋划了。”太

宰站在办公桌前，继续不客气地说道："恐怕在两年前，安吾去欧洲出差的时候，这个计划就开始实行了吧。你让安吾在那边收集情报，接触了最有希望的敌人候补MIMIC。MIMIC是怎么逃离欧洲、偷渡到日本的？这个谜题的答案现在看来实在太简单了，因为在暗地里帮助他们偷渡的正是Mafia。你为了让异能特务科坐立不安，不得不采取行动，故意将敌对组织引到了横滨来。"

"太宰君，"一直沉默不语的鸥外这时第一次打断了太宰的话，"你的推理真精彩，我没有任何要订正的地方。我想问你一个问题，我做的这些哪里不对？"

"……"

"我说过吧，我从来都是为整个组织着想的。我现在拿到了异能开业许可证，切切实实地得到了政府对我们从事非法活动的认可。而织田作之助现在正豁出自己的性命帮我一点点解决那些棘手的亡命之徒，这可是大功一件啊。可是，你为什么要这么生气呢？"

太宰沉默了。这几乎是第一次，太宰无法解释自己的情感。

"我……"

——没有什么东西值得不惜延长痛苦的人生去追求。

——让我从这个生锈的世界的梦中醒过来吧。

"我……只是，"太宰挤出了声音，"无法接受罢了。把织田作偷偷抚养孤儿的地方泄露给MIMIC的人，是你。除了你之外没有人能得到那里的情报，那是我亲自选的地方。是你杀了孩子们，为的就是把织田作，这个唯一能与MIMIC指挥官抗衡的异能者，扔给敌人。”

“我的回答还是不变哦，太宰君。只要是为了组织的利益，我会不惜任何代价。何况我们Mafia可是集这座城市的黑暗、暴力、蛮不讲理于一身的组织。事到如今你还在说什么傻话呢。”

太宰很清楚，清楚鸥外的算计、心理和计划的逻辑性，因为Mafia就是这种性质的组织。从逻辑上来讲，鸥外才是正确的，错的是太宰。

“可是……”

太宰转身走向出口。

见状，鸥外的部下们同时举起了枪。

“太宰君，你不能去哦。”鸥外阻止他，“待在这里。还是说，有什么合理的理由让你必须到他的身边去吗？”

“我要说的有两点，首领。”太宰回头，眯起眼睛看着鸥外，“一是，你不会对我开枪，也不会让部下开枪。”

“为什么呢？因为你希望自己中弹而死？”

“不，因为没有利益。”

鸥外微笑起来，“的确。但是你无视我的制止，想赶到他身边去的行为也是没有利益的吧？”

“这就是我要说的第二点，首领。我的做法的确没有利益，但我要去的理由只有一个——因为他是我的朋友啊。那么，告辞。”

部下们举着枪，将手指按在了扳机上。

太宰全然不在意，仿佛散步一般闲适地走向大门。

部下们看向鸥外，像是在请示命令。

鸥外双臂交叉，面带浅笑望着太宰的后背，什么也没有说。

太宰穿过门走向走廊，最终走出了他的视野。

× × ×

“下卷很精彩。”我说。

至今为止，还没有哪本书能这样吸引我。

所有的台词都扣人心弦，所有的人物都很像自己。

虽然给我这本书的人评论说“写得很差”，但我的感想完全不同。我几乎连饭也没吃，一口气就看完了，看完之后又立即看起了第二遍。

我觉得自己每一个脑细胞，都在看完这本书之后发生了截然不同的变化，甚至在我知道这本书之后，整个世界都变得与之前不一样了。

以前的我只知道执行任务，为了任务对人开枪，夺人性命。这本书让我睁开了眼睛，就像黎明时冲出的阳光。

这部下卷只有一个缺点。

最后的几页被人剪下来了，因此有一个重要的情节我没有看到，那个情节讲述的是登场人物之一——一名杀手不再杀人的原因。

那名杀手为什么不再杀人了？其他页里并没有写出足够让人推理的信息，这让我十分郁闷。这个情节是故事里重要的转折点，而通过这个情节了解了杀手之后，有什么重要的事就昭然若揭了。但因为这是一本很有年头的书，市面上已经找不到，所以我很难知道真相是什么，虽然想问问那个胡须男，可他也没有再出现在我面前过。

烦恼之后，我得出了一个结论。

——那你自己写吧。

我得出的结论就是："自己来写。"

我要成为小说家，把男人不再杀人之前的故事写成一部小说。

而成为小说家，需要认真地明白人类的生命。

于是我不再杀人。

在那部书的下卷，被剪掉的情节之前，有这样一句台词，是主角对杀手所说的。

"人在临死之前才会明白，自己是为了救赎自己而活着的吧。"

自从我不再杀人之后，我一直思考着这句话的意义。

或许并没有什么深意，或许只是一个信息之间的过渡句。

然而，当我看到这句台词的时候，却不可思议地想到了给我书的那个胡须男。

现在我才觉得。

那个男人会不会早就知道我是个专业杀手？

他会不会是知道我的身份，为了让我不再杀人才跟我搭话的？

他给了我下卷，把后面几页剪了下来，对我说“你来写”。

那个胡须男真正想说的，会不会是“你要自己救赎自己”？我几乎毫不怀疑地这样认为。

第一次见面的时候，那个男人对我做了自我介绍。

我之前一直忘记了，直到最近才记起了他的名字。

男人的名字是，夏目漱石。

和那部小说封面上所写的作者名，一模一样。

× × ×

“我曾是个英雄。”纪德道。

纪德曾经上过战场。

为了祖国，为了大义，为了身边战斗的战友。

在过去那场战争中，他打了无数场仗，救了无数同伴。

纪德曾是个英雄。

他是一名军人，他一直坚信自己的天命就是保卫祖国，保卫那些生活在养育自己的大地上的人们，为他们而战，为他们而亡。

在某一场战役中，纪德仅仅率领了四十名部下，就攻破了守在据点里的六百名敌人。他打倒了所有敌人，占领了据点。

然而那是己方总部的计谋。那个时候，他的祖国基本上已经达成了和平谈判，但军队的参谋干部背信弃义，盘算着击溃敌人的要冲，夺取和平后的敌方交通网，而纪德正是被这个计谋利用了。

纪德的据点攻占发生在和平之后，于是这次进攻变成了战争犯罪。己方的士兵出动前来讨伐纪德他们这些叛徒。纪德等四十人为了活下来，只能缴获敌人的装备，冒充成敌人的样子突破包围圈。

无数的同胞为了诛戮叛徒而来，纪德等人拿着敌人的枪支——被称为“灰色幽灵”的手枪，穿着敌人的军装，与来自祖国的人们展开厮杀。

他们是敌军的伪造品（MIMIC），是已经死亡的敌军幽灵。

他们杀掉同胞突破包围，保住了性命。然而对他们来说，没有哪个地方可以让他们活下去。他们是战争罪犯，是死去的人，是无主的军队。

从此之后，他们开始流浪，以非法佣兵的身份接受不能摆到台面上的肮脏工作。他们的身上已经没有英雄的影子了。他们的性命本应为保卫祖国奋战而死，现在却不为任何人，只是一昧地暗淡污秽，堕入地底。

部队里也有人自杀了，纪德并没有阻止，他根本找不到任何话语来阻止他人。

然而也有人没死。他们永远都是军人，自己选择死亡就等同于否定了军人这个身份。战斗、受伤、失去同伴，即便如此还是要站起来。那既是他们曾经身为一名军人的意义，也是现在驱动他们以军人的身份行动的血液。

他们渴望战场，渴望能够证明他们是军人的地方，渴望能够让他们切实地回忆起自己是什么人的地方，回忆起自己为何而战，哪怕会死亡。

他们化作了在战场彷徨的幽灵。

化作了失去祖国，失去荣誉，只是不断渴求敌人、不断战斗的，荒野死灵。

× × ×

纪德讲了一段很长的话，同时我也讲了一段很长的话。

时间被无限拉长，我们不断抢在对方之前说话。

在现实世界中，这些都发生在不到一秒的时间里。在现实世界中，我刚刚枪击了MIMIC士兵，而纪德也刚刚枪击了Mafia成员。

在那个世界里，我接下来就会将枪指向纪德，而他也会用枪对准我吧。

“快结束了啊。”在被拉长的世界里，纪德说。

“告诉我，纪德。”在被拉长的世界里，我说，“你没想过去寻找其他地方吗？不能在中途改变活下去的方式吗？除了寻求战场寻求死亡之外，就没有别的了吗？”

“在中途改变活下去的方式？这怎么可能。”纪德微笑道，那双灰色的眼瞳中摇曳着悲伤的光芒，“我向同伴们发过誓，要以军人的身份死去，除此之外我不会选择其他路。”

我们的枪互相指着对方。然而在另一边，永远的世界中，我们却平静地面对着彼此，仿佛朋友一般对话。

纪德看着我，我能从他的视线中看到真挚的感情。

“但是……说不定那也是有可能的。或许在更早之前，我也可以扭转自己的人生，选择军人之外的道路……就像你不再杀人一样。如果我能像你这么强大，说不定有一天……”

大厅之中只剩两个人还活着。

我们的枪口互相指着对方的心脏。

纪德没有穿防弹服，我的防弹服也在之前的战斗中扔掉了。一旦胸口被击中，就会变成致命伤。

扳机已经被扣下，子弹已经从手枪中滑了出来。

而我们只是微笑着面对彼此。

在漫长的对话之中，我们就像是一对老朋友，已经十分了解对方。

——在几个异能力相互干扰后，有极少数的一部分人会能力失控，并且能力会向谁也没有预料到的方向偏移。

这个世界就是“异能力的特殊点”啊。

“我有一个遗憾。”我开口道，“我没有跟朋友道别。在这个世界里，有一个一直与我做‘普通朋友’的男人。他觉得这个世界很无趣，一直在等待死亡。”

“那个男人也跟我一样，在追求死亡吗？”

“不。”我说，“应该不是。一开始，我觉得你和太宰很像，你们都看不到自己生命的价值，渴望死亡，将自己投身暴力与斗争之中。但其实并不是。他只是个头脑特别聪明的孩子，只是一个被单独留在黑暗里、一直在哭泣的孩子，他的世界比我们所在的世界更为遥远，那里什么也没有，只有一片虚无。”

他的头脑实在是太聪明了。

所以才总是很孤独。

我和安吾之所以能待在太宰身边，是因为我们的理解包围着他的孤独，我们就站在旁边，决不会踏入其中。

然而现在，我有点后悔当初没有穿着鞋子踏入那片孤独。

子弹从我们的枪口中发射。

被对方的胸口吸了进去。

“直到最后，你的子弹还是这么精彩。”纪德笑道，“我去见我的部下了，替我向孩子们问好。”

子弹击中了我和纪德的胸口。

于是“特殊点”消失了。

子弹贯穿了我们的胸膛，贯穿了衣服，飞向后方。

我和纪德在同一时间，以同样的姿势，仰面倒下。

这时，我听到了脚步声。

“织田作！”

✕　✕　✕

太宰在洋房中奔跑，跑入舞厅。

不管是来到这里的路上，还是舞厅里面，都躺着无数的牺牲者。

太宰用把橡木门砸坏的力道把门打开，然后便看到了倒在地上的朋友。

“织田作！”

“太宰……”

太宰跑向织田作，查看他的伤口。子弹穿胸而过，在地板上留下一大滩血泊，很明显是致命伤。

太宰在织田作的身边跪了下来。

“你太傻了，织田作，你是个大傻瓜。”

“嗯。”

“居然陪着这家伙一起死，实在太傻了。”

“嗯。”

织田作在微笑。他的表情里有一种满足感，仿佛完成了一件与他所支付的代价相当的事。

“太宰……我有话，想趁现在跟你说。”

“不要说，住口。你说不定还有救，不，一定还有救的。所以别说这种……”

“听着。”织田作用沾满鲜血的手握住了太宰的手，“你说过吧，‘如果在暴力与流血的世界里，说不定会找到活下去的理由’……”

“嗯，我说过，我是说过，可现在……”

“你不会找到的。”

织田作用仿佛耳语般的声音说道。太宰看着织田作。

“你自己应该很清楚。不管你是站在杀人那边，还是救人那边，都不会出现什么能够超越你头脑预测的事，这个世界上的任何地方都不存在能够填补你孤独的东西，你会永远在黑暗中彷徨。”

——让我从这个生锈世界的梦中醒过来吧。

那时，太宰第一次意识到。

织田作之助对太宰的理解，已经超出了太宰自己的想象，甚至到了他心脏的附近，到了离心灵中枢很近的地方。太宰以前从来没有发现，居然有人可以这么理解自己。

太宰几乎是出生以来第一次打从心底里想知道一件事，于是他向面前的这个人问道：

“织田作……我要，怎么办才好？”

“站在救人那边吧。”

织田作说道。

“如果哪边都一样，就做个好人吧。拯救弱者，保护孤儿。正义和邪恶对你来说可能都没有太大区别吧……但是这样，会比较好。”

“你怎么知道？”

“我就是知道，比任何人都知道得更清楚。”

太宰看着织田作的眼睛。

织田作的眼中闪着坚信的光芒，明显得表现出他的话是被某种强有力的证据所支持。或许是过去的经验，或许是谁的教导——他将自己过去走过的路，指给太宰看，而太宰听懂了这一点。

所以，太宰想相信他。

“……我明白了，我会这么做的。”

“‘人在临死之前才会明白，自己是为了救赎自己而活着的吧’……的确……没错啊……”

血色从织田作的脸上渐渐流失，苍白的脸上露出了一抹微笑。

“好想吃咖喱啊……”

织田作用颤抖的手指从外套里掏出了香烟，慢吞吞地将香烟叼在嘴里。

掏出火柴的时候，他的手指已经没有力气了。太宰接过了火柴，为他点燃了烟草。

织田作闭上了眼睛，吸了一口点着火的香烟，心满意足地微笑起来。

香烟落在了地上。

太宰跪在织田作身边，仰着头闭上了眼睛。

紧紧闭合的双唇在微微颤抖。

一缕烟在香烟之上笔直地升起。

没有人说一句话。

结幕

战争结束了，街上又恢复了从前的盛况。

表面上，这座城市与战争前相比没有任何变化。经济照常运转，人们起床，继而入睡，白天的盛况与夜晚的暴力周而复始。

无论是表面的社会，还是黑社会，看上去都没有任何变化。

× × ×

螺旋桨飞机在可以俯视海岸线的上空中飞行。

飞机里只有几名乘客。

“大概再过一个小时，就能到达下一个任务的目的地。”

在乘客席上，一名穿着西装的年轻男子开口道。

“嗯，我知道了。”

一名戴着圆眼镜的男子坐在窗边的斜椅上，他正专注地盯着手里的几张纸。

“……坂口搜查员，那张照片，就是下一个目标吗？”年轻的西装男子搭话道。

戴圆眼镜的男子——安吾慌忙将照片收进衣服里，像是不想被同事看到似的。

“不是，没什么，只是私人照片。”

将照片收起来之后，安吾把视线投向了窗外，无精打采地眺望着眼底的城市。

× × ×

几条人影在横滨租界的下水道里飞奔着。

三名MIMIC残兵正顺着昏暗的下水道里逃跑，他们是在洋房战争中没上前线而幸存的士兵。

后方飞来一块如刀般的黑布，劈中了一名MIMIC士兵。

剩下的MIMIC士兵转身用冲锋枪一通扫射。下水道里闪烁着枪火，将黑暗切割得断断续续。

“……没用的。”

一名黑外套少年在后方现身。活像生物般的黑外套在狭窄的通道里舞动，将士兵一个接一个地击倒。

“我要更强——更高！在那个人认可我之前，无论是军兵还是枪或异能者！我都不会输！所以快看啊！看我啊！”

芥川吼叫着，用更快的速度继续跳起杀戮之舞。那堪称悲痛的叫声，渐渐消散在横滨的夜晚中。

× × ×

在能够将横滨尽收眼底的山丘之上，有一条绿意盎然的山路，山路正中央，是一块能看到大海的墓地。

那里并排安置着数个崭新的墓，墓碑又白又小，没有刻名字。

太宰站在墓碑前。

他穿着黑色的丧服，手里拿着一束白花。

“……”

一阵强烈的海风突然吹过，太宰眯起了眼睛。白色的花束被风吹得沙沙作响。

“照片，我放在这里了。”

太宰掏出一张照片，放在墓碑前。

照片里的三个人在静止的时光中刻下了永不消失的笑容。

“我还想让你尝尝硬豆腐呢……”

太宰闭上眼睛，静静地站在那里，一动也没有动过。

在横滨中心街的一等土地上，伫立着一栋蓝色的Mafia总部大楼。

位于建筑物最上层的办公室里，鸥外正支着自己的脸颊。

“‘常以泰然自若之姿，视纷杂万事犹如破竹’吗……”

办公桌上凌乱不堪地放着无数文件，是Mafia支配地区的损伤报告。在杂乱无章的文件上，放着鸥外曾经亲笔写下、被称为“银之天启”的字条。那是在战争结束后，从洋房里捡回来的。

鸥外兴致缺缺地把字条拿在手里，望着它。

站在一旁的部下出声道：

“首领，身为‘干部’的太宰大人已经失踪两周了，差不多该召开‘五大干部会议’，决定下一任‘干部’……”

“嗯……是啊。”

鸥外无所谓地回答了一句，开始把手里的字条折叠起来。

“我不会召开‘干部会议’，太宰君的位置就那么空着吧。”

鸥外看着桌上散乱的报告书。

上面列出来的金钱方面的损失，以及他失去的有才能的部下，所有损失全部加在一起都远远抵不过组织到手的利益——包括太宰的失踪。一切都在合乎逻辑的考虑之下得到了最完美的结果，正如他计划那般。

鸥外将字条叠成了不好看的纸飞机，支着脸颊把它丢了出去。

走形的纸飞机只飞了一小段距离便急速下降，掉在了地上。

“日子要开始无聊起来了啊……”

× × ×

这里是横滨的闹市。五颜六色的灯饰招牌比比皆是，直到午夜人还是很多，十分热闹。

在某家挂着橙色灯笼的酒馆里，一名高大的白发男子正独自坐在桌席边。

这是一家热闹而廉价的酒馆。高大的白发男子板着一张脸，独自用酒盅喝着酒。

“内务省的权威居然在这种廉价酒馆里自饮自酌……可真是寂寞啊，种田长官。”

听到坐在对面位子上的青年突然说出的话，白发男子——种田惊讶地抬起了头。

“你是……”

“我来帮您倒吧。”

坐在对面这位笑眯眯的青年——太宰将酒瓶里的酒倒入酒盅。

种田默默地接受了，他将杯里的酒一口喝干之后，便目不转睛地盯着太宰。

“我经常在报告书里看到你的脸啊，你可是需要重点监视名单里的常客——你是怎么知道这里的？”

“大部分的事，只要调查一下就知道了。”太宰笑着耸了耸肩。

“我倒是听说你这段时间从组织里消失了……有什么事吗？”

“我想换份工作，正在找下家，您有什么推荐的地方吗？”

种田长官惊讶地看着太宰。

太宰还是笑眯眯的。

“我一下子有点不敢相信，虽然有很多疑问……”种田长官用手指抓了抓下巴，“你想来特务科吗？想来的话——”

“那里我还是敬谢不敏了。”太宰苦笑道，“我不适合在规矩太多的地方工作。”

“那你想去什么地方？”

“能帮助他人的地方。”太宰立即回答了。

种田抱着胳膊，一言不发地盯着太宰。

“你的经历实在太脏了，想洗干净的话，得在地下待个两年左右。不过嘛……我先回答你的问题吧，我倒也不是没有头绪。”

“洗耳恭听。”

“有一个聚集了异能力者的武装组织，那里专门接一些不能依靠军警和市警的灰色地带的麻烦事。那个地方的社长是个有心之人，或许会符合你的要求。”

太宰点点头，闭上了眼睛，看上去像是在思考什么重要的事。然后，他仿佛下定决心一般睁开眼睛，问道：

“那个组织叫什么名字？”

“名字吗？那个公司的名字啊……”

后记

大家晚上好，我是朝雾。

据说已故的织田作之助先生生前爱吃大阪的混合咖喱，我便在网上下了订单尝了一下。好辣，但是很好吃，美味到让你简直停不下喝水的动作，吃完之后瞬间就制定了下次还要吃的计划。在深夜看到这一段的读者，我对不起你们。

借着本书《太宰治与黑暗时期》,《文豪野犬》小说系列也推出了第二集。

继描写了原作故事两年前的第一部小说《太宰治的入社测试》之后，本篇描写的是原作故事的四年前，太宰还是“Mafia干部”时的故事。

题目的由来模仿了画家巴勃罗·毕加索青年时期的画风“蓝色时期”。大文豪太宰治先生在年轻的时候也是非常淘气的，而《文豪野犬》里的太宰也毫不逊色地有过那样一段危险的、并非青春的“黑春”。

接下来就是闲聊了。

这部小说的主题得以诞生的契机，是一张照片。

文豪太宰治、织田作之助、坂口安吾都是被称为“无赖派”的作家。

三人聚集在银座的酒吧里，一边喝酒一边聊着文坛的事、小说的事、家人的事，甚至琐碎的小事，边喝边聊。

在神奈川的近代文学馆里，就有这张三个人开心地聊着天的照片（摄影者是摄影家林忠彦先生）。太宰治摆了个姿势踩着凳子，织田作之助冲着镜头轻轻一笑，坂口安吾单手拿着杯子听太宰说话。他们的姿态十分放松，完全不像在镜头之前（毕竟当时的照相机都大得吓人，而且拍照的时候每次都要更换闪光灯泡，十分夸张），让人感受到一种无拘无束的氛围。他们三人当时已经是代表文坛的大作家了，关系却似乎非常融洽，也就是所谓的“朋友”。这种能够引起共鸣的关系不会轻易获得，而一旦失去又会无可弥补，就算并非文豪的我们也非常明白吧。

而就在拍完这张照片的仅仅九天之后，织田作之助就因为结核病而大量咳血，不久之后便撒手人寰了。

在葬礼上，太宰治送上的追悼文是“织田君！你做得很棒！”。在那之后，太宰治和坂口安吾也相继离世，现在只剩下照片还留在世上。

“将永远不会回来的时光铭记下来的胶片”，就是这次故事的起点。

正如大家所知,《文豪野犬》里与真实的小说家们不光有共通点，也有非常多的不同点及与史实相反的设定等（比如说，真实的太宰治其实一直很崇拜芥川龙之介）。即使脱离史实，站在这是一个独立故事的前提下阅读，也完全没有问题。

但是我觉得，作家们留下的琐碎闪光点（比如作品里的一句话，或者照片里存在的某些东西）才是文豪的本质，也是他们留给后世的宝贵财产。（夸张地说）如果没有这些，这部作品就不值得被冠以“文豪”之名了，我是这样想的。

感觉话题变得有些严肃了。多亏大家的喜爱，大受好评的小说版也预定要出第三集了。一年之内要出七本书，日程安排得十分忙碌，但还是希望大家能继续享受越来越热闹的《文豪野犬》世界。

最后，我要感谢春河35老师，这次又帮我画出了精美的插图，以及帅气人设的“文豪野犬组合”搭档，此外为作品尽心尽力的各位编辑、宣传、代理、书店的工作人员，谢谢大家！

让我们在下一本书中再会吧。

朝雾卡夫卡

本书如有印装质量问题，请与广州天闻角川动漫有限公司联系调换。

联系地址:中国广州市黄埔大道中309号 羊城创意产业园 3-07C

电话:(020)38031051　传真:(020)38031253

官方网站:http://www.gztwkadokawa.com/

广州天闻角川动漫有限公司常年法律顾问:北京市盈科(广州)律师事务所

图书在版编目（CIP）数据

文豪野犬. 2, 太宰治与黑暗时代 / (日) 朝雾卡夫卡著 ; (日) 春河35绘 ; 陈玮译. -- 北京 : 台海出版社, 2016.9（2018.12重印）
ISBN 978-7-5168-0887-0

Ⅰ. ①文… Ⅱ. ①朝… ②春… ③陈… Ⅲ. ①侦探小说—日本—现代 Ⅳ. ①I313.45

中国版本图书馆CIP数据核字(2016)第227928号

原著名:《文豪ストレイドッグス　太宰治と黒の時代》，著者：朝霧カフカ，绘者：春河35
Bungo Stray Dogs 2 Dazai osamu to kuro no jidai

Edited by KADOKAWA SHOTEN
First published in JAPAN in 2014 by KADOKAWA CORPORATION,Tokyo.
Simplified Chinese translation rights arranged with KADOKAWA CORPORATION,Tokyo.

版权合同登记号：01-2016-6503

本书为引进版图书，为最大限度保留原作特色、尊重原作者写作习惯，故本书酌情保留了部分外来词汇。特此说明。

文豪野犬2 太宰治与黑暗时代

著　者 |（日）朝雾卡夫卡
绘　者 |（日）春河35　译　者 | 陈　玮

责任编辑 | 刘　路
特约编辑 | 徐嘉悦　装帧设计 | 罗　健
版式设计 | 罗　健　责任印制 | 蔡　旭

出版发行 | 台海出版社
地　址 | 北京市朝阳区劲松南路1号，邮政编码：100021
电　话 | 010-64041652（发行，邮购）
传　真 | 010-84045799（总编室）
网　址 | www.taimeng.org.cn/thcbs/default.htm
E-mail | thcbs@126.com

印　刷 | 凸版艺彩（东莞）印刷有限公司
开　本 | 890毫米×1240毫米　1/32
字　数 | 134千
印　张 | 6.875
版　次 | 2016年9月第1版
印　次 | 2018年12月第2次印刷
书　号 | ISBN 978-7-5168-0887-0
定　价 | 30.00元